사람은 무엇으로 사는가·1

다시 읽는 톨스토이

Lev Nikolaevich Tolstoi

사람은 무엇으로 사는가 · 1

안의정 옮김/하영 그림

맑은소리

사람은 무엇으로 사는가·1

지은이 | 톨스토이
옮긴이 | 안의정
표지 본문 디자인 | 동이와 분이
일러스트 | 하 영

1999년 1월 15일 1판 1쇄 발행
1판 36쇄 발행

펴낸이_ 박준기
펴낸곳_ 도서출판 맑은소리
주소_서울시 금천구 가산동 550-1 롯데 IT캐슬 2동 1105호
전화번호_ 02-857-1488
팩스_ 02-867-1484
출판등록_ 제 10-618호(1991. 9. 18)
ISBN_ 978-89-7952-169-6 03810

차례

사람은 무엇으로 사는가

1

한 구두장이가 아내와 자식들을 데리고 어느 농부의 집에 세 들어 살고 있었다. 그는 집도 땅도 없이 오직 구두 짓는 일만으로 식구들을 먹여 살렸다. 빵값은 비싸고 품삯은 보잘것없어 버는 족족 입에 풀칠하기 바쁜 형편이었다.

그에게는 아내와 번갈아가며 입는 외투 한 벌이 있었는데, 이젠 그것마저 낡아 누더기가 되어 버렸다. 그래서 그는 2년 전부터 양가죽을 사서 외투를 새로 만들어야겠다고 별러 오고 있었다.

가을로 들어서면서 약간의 여유가 생겼다. 아내의 손지갑에 모셔놓은 3루블 외에도 이웃에 꾸어준 돈이 5루블 20카페이카쯤 되었던 것이다. 구두장이는 양가죽을 사기 위해 이른 아침부터 마을에 갈 채비를 했다.

아침밥을 먹자마자 루바시카(*러시아풍의 남자 웃저고리) 위에 아내의 무명 내의를 껴입고 그 위에 다시 모직 외투를 걸친 다음, 그는 3루블 지폐를 속주머니에 넣고 나무막대를 지팡이 삼아 집을 나섰다.

'꿔준 돈 5루블을 받고 3루블을 보태서 양가죽을 사야지.'

마을에 이르러 그는 한 농부의 집을 찾아갔다. 그런데 하필이면 주인이 외출중이라, 그 집 마누라에게서 1주일 안에 돈을 마련해 주인편에 보내겠다는 약속만 받고 돌아서는 수밖에 없었다. 그 다음으로 찾아간 농부는 하늘에 맹세코 지금은 돈이 없다면서 장화 수선비라며 단돈 20카페이카를 내놓았다.

구두장이는 하는 수 없이 외상으로나마 양가죽을 사보려고 했다. 그러나 가게 주인은 어림없는 소리 말라는 듯 잘라 말했다.

"돈을 갖고 오슈. 그럼 달라는 대로 주지. 외상값 받아내기가 얼마나 힘든지 넌덜머리가 난다니까."

구두장이는 결국 장화 수선비 20카페이카와 어느 집에선가 낡은 털장화를 꿰매는 일감 하나를 얻었을 뿐 헛수고만 하고 집으로 돌아가게 되었다.

그는 속이 상해 20카페이카를 몽땅 털어 보드카를 마셔버리고는 양가죽은 만져보지도 못한 채 집을 향해 터덜터덜 걸었다. 아침에 집을 나설 때는 꽤 추운 것 같았는데 술을 한 잔 걸치고 나니 털외투 없이도 몸이 따뜻했다. 그는 걸어가면서 한 손에 든 지팡이로 꽁꽁 얼어붙은 땅을 두드리고, 다른 한 손으론 낡은 털장화를 휘둘러대면서 혼자 중얼거렸다.

"외투 같은 것 없어도 따뜻하기만 하네. 겨우 한 잔 걸쳤을 뿐인데 요렇게 후끈후끈한 걸. 까짓 털가죽옷 따윈 필요 없다! 이 몸은 이런 분이다 이거야! 암, 그렇고말고. 그깟 모피 외투 없어도 이 몸은 얼마든지 살 수 있다구! 그런 건 평생 필요 없다 이 말씀이야! 그런데 마누라가 가만있지 않을걸. 이건 좀 골치 아픈데. 빌어먹을, 남은 죽어라 일해 주는데 이건 콧방귀만 뀌고 앉았으니! 어디 두고보라지. 이번에도 돈을 갖고 오지 않으면 모자를 날려 버릴 테니까. 암, 그러고말고. 도대체 어쩌자는 수작들이야! 고작 20카페이카를 줘? 그걸로 뭘 하라는 거야, 도대체? 술 한 잔이면 날아가 버릴 돈을 가지고! 그래, 너희들만 곤란하고 난 곤란하지 않다는 거야? 너희들은 집도 있고 가축도 있어. 하지만 내겐 맨몸뚱이뿐이라구. 너희들은 농사지어 빵을 얻지만 나는 하나부터 열까지 일일이 사다 먹어야 한다구. 어떻게 버둥대든 빵값만도 1주일에 3루블은 치러야지. 집에 돌아가 빵이라도 떨어졌으면 당장 1루블 반을 써야 된다구. 그러니 내 돈을 갚아줘야겠어."

이윽고 구두장이는 길모퉁이의 작은 교회 근처에 이르렀다. 그때 교회 뒤에서 뭔가 허연 것이 보였다. 이미 날이 저문 뒤라, 눈을 부릅뜨고 바라보았지만 뭔지 알 수가 없었다.

'여기쯤에 돌 같은 건 없었는데, 소인가? 하지만 짐승 같지는 않은걸. 머리를 보니 사람 같기도 한데 너무 하얗군. 하긴 사람이라면 이런 데 있을 리가 있나.'

그는 조금 더 가까이 다가갔다. 그제야 그 물체가 또렷하게 보였다. 그런데 정말 이상한 일이었다. 사람인 건 분명한데 죽었는지 살았는지, 그 남자는 벌거벗은 알몸인 채 차디찬 교회 벽에 기대어 꼼짝을 않고 있었던 것이다. 구두장이는 갑자기 무서운 생각이 들었다.

'누가 이 자를 죽여 옷을 몽땅 벗기고는 여기 내다버린 모양이군. 근처에서 어정거리다간 무슨 변을 당할지도 몰라.'

구두장이는 그곳을 그냥 지나쳤다. 교회 모퉁이를 돌아가자 남자는 더 이상 보이지 않았다. 교회 앞을 지나면서 힐끗 돌아보니 남자가 벽에서 몸을 일으켜 움직이고 있는 것이 보였다. 남자는 이쪽의 거동을 살피고 있는 것 같았다. 구두장이는 겁이 더럭 나서 생각했다.

'다가가 볼까, 그냥 지나쳐 버릴까? 공연히 다가갔다가 무슨 변이라도 당하면? 저자가 누군지도 모르는 터에 말이야. 좋은 일 하고 이런 데 버려져 있을 리도 만무하고. 어쩌면 내가 접근하길 기다렸다가 달려들어 목을 조를지도 모르지. 그렇게 되면 꼼짝없이 당하는 수밖에. 설사 목을 조르지는 않는다 해도 뭔가 시끄러운 꼴을 당할 게 뻔해. 저 벌거숭이를 어쩐다? 내가 입고 있는 걸 홀랑 벗어 줄 수도 없고. 오 하느님, 제발 무사히 지나가게 해주십시오!'

머리 속에 그런 생각들을 굴리며 구두장이는 걸음을 재촉했다. 그러나 교회를 거의 지나쳤을 무렵 갑자기 양심이 고개를 쳐들었다. 그는 길 복판에 멈춰 서서 중얼거렸다.

"도대체 뭘 하고 있는 거지, 세몬? 사람이 재난을 만나 죽어가고 있는데 겁을 집어먹고 슬그머니 꽁무니를 빼려 하다니. 네가 무슨 큰 부자라도 된다는 거야? 그래서 가진 걸 빼앗기게 될까봐 겁이라도 난다는 거야, 뭐야? 세몬, 그건 옳지 않은 짓이야!"

결국 세몬은 발길을 돌려 남자에게로 걸어가기 시작했다.

2

세몬이 가까이 다가가서 살펴보니 남자는 아직 젊고 제법 힘도 있어 보였으며 몸에 얻어맞은 흔적 같은 건 보이지 않았다. 그러나 추위 때문에 몸이 꽁꽁 얼어붙은 데다 몹시 겁을 먹고 있는 듯

했다. 그는 벽에 기대앉은 채 세몬 쪽은 쳐다보지도 않았다. 너무 지쳐서 눈을 뜰 기운조차 없는 모양이었다.

세몬이 바짝 다가가자 남자는 그제야 눈을 뜨고 세몬을 쳐다보았다. 세몬은 그의 눈이 마음에 들었다. 그래서 털장화를 땅바닥에 내동댕이치고 허리띠를 끌러 장화 위에 던진 다음 입고 있던 외투를 벗으면서 말했다.

"이러고 있을 때가 아니야! 자, 이거라도 입어보라구! 어서!"

세몬은 남자의 팔을 부축해 일으켰다. 일어선 남자를 보니, 훤칠한 몸매에 손과 발은 깨끗하고 얼굴빛도 온화한 젊은이였다. 세몬은 그의 어깨에 외투를 걸쳐주었다. 그러나 팔이 소매 속으로 잘 들어가지 않았다. 세몬은 청년의 두 팔을 외투 소매에 끼워주고 옷깃을 잡아당겨 앞을 여민 다음 허리띠를 둘러주었다. 그는 쓰고 있던 낡은 모자도 벗어서 청년에게 씌워주려고 했다. 그러나 머리가 너무 썰렁해서 그는 생각을 바꾸었다.

'나는 민둥머리지만 이 젊은이는 머리숱이 많으니까.'

그는 모자를 다시 썼다.

'그보다는 장화를 신겨주는 것이 좋겠어.'

세몬은 청년을 다시 앉히고 털장화를 신겨주었다.

"이만하면 됐겠지. 자아, 이젠 좀 움직여 보라구. 몸이 녹게 말이야. 여기서 우물쭈물할 것 없잖아? 그런데 자네, 걸을 수는 있겠나?"

청년은 부드러운 눈길로 세몬을 바라볼 뿐 아무런 대꾸가 없었다.

"왜 말을 하지 않는 거야? 여기서 겨울을 날 작정인가? 어디든 사람 사는 데로 가야지. 여기 내 지팡이가 있으니까 걷기 힘들면 이거라도 짚으라구. 자, 가세! 가자니까!"

청년은 걷기 시작했다. 뒤쳐지는 일도 없이 썩 잘 걸었다. 걸으면서 세몬이 물었다.

"그런데 자네 대체 어디서 왔나?"

"저는 이 고장 사람이 아닙니다."

"이 고장 사람이라면 내가 모를 리 없지. 내가 묻고 있는 건 어째서 이런 데 와 있느냐는 거야. 저 교회 구석 같은 데 말일세."

"그건 말씀드릴 수 없습니다."

"들어보나마나 어떤 나쁜 놈들한테 몹쓸 짓을 당했겠지."

"아무도 제게 나쁜 짓을 하지 않았습니다. 전 하느님으로부터 벌을 받은 것입니다."

"그야 만사가 하느님의 뜻이니까. 아무튼 어디 들어가서 좀 쉬어야 할 텐데. 대체 어디로 갈 작정인가?"

"어디든 좋습니다."

세몬은 저으기 놀랐다. 청년은 불량해 보이지도 않았고 말씨도 공손했지만 자신에 관해서는 아무것도 말하려 들지 않았다. 세몬은 생각했다.

'누구에게나 말못할 사정은 있는 법이니까.'

그는 다시 입을 열었다.

"그렇다면 어떤가, 나하고 같이 우리 집으로 가는 게? 몸이 녹으면 정신이 좀 나겠지."

세몬은 집을 향해 걷기 시작했다. 낯선 젊은이도 뒤떨어지지 않고 곧잘 따라왔다. 차가운 바람이 세몬의 루바시카 자락을 파고들었다. 술이 깨면서 오싹오싹 한기가 느껴졌다. 그는 연신 코를 훌쩍거렸다. 마누라에게서 빌려 입은 무명 속옷 앞자락을 바싹 당겨 여미면서 그는 생각했다.

'털가죽 외투가 대체 어떻게 돼 버린 거야? 모피 외투를 장만하러 나섰다가 입고 있던 것마저 벗어던진 꼴이 됐으니. 거기다 벌거숭이 사내까지 달고 들어가면 마트료나가 펄펄 뛸 게 뻔한데.'

아내 생각을 하자 세몬의 마음은 우울해졌다. 그러나 옆에서 걷고 있는 젊은이를 돌아보자 교회 모퉁이에서 처음 발견했을 때 자신을 쳐다보던 그의 눈빛이 떠오르면서 마음이 다시 환하게 밝아왔다.

3

세몬의 아내는 일찌감치 집안일을 끝냈다. 장작을 쪼개고 물을 길어와서 아이들과 같이 저녁을 먹은 다음 그녀는 생각에 잠겼다.

'오늘 저녁에 빵을 구울까, 내일로 미룰까.'

제법 큼직한 빵 한 조각이 아직 남아 있었다.

'세몬이 밖에서 식사를 하고 들어온다면 밤참은 그리 많이 먹지 않을 거야. 그럼 내일 아침까진 이걸로 충분할 것 같은데.'

그녀는 빵조각을 만지작거리면서 궁리했다.

'아무래도 빵 굽는 건 내일로 미뤄야겠어. 밀가루도 얼마 남지 않았는데, 있는 것만으로 금요일까지 버텨야지.'

마트료나는 빵 굽는 일을 그만두기로 하고 남편의 옷을 깁기 시작했다. 바느질을 하면서 그녀는 남편이 어떤 가죽을 사올까 생각했다.

'설마 가죽 장수에게 속지는 않았겠지. 그이는 사람이 너무 좋아서 탈이라니까. 자기는 꿈에도 남을 속일 줄 모르면서 동네 코흘리개한테도 맥없이 속아넘어가거든. 8루블이라면 적은 액수가 아닌데. 그 정도면 좋은 모피 외투를 장만할 수 있고말고. 무두질한 최고급 가죽은 아니더라도 어쨌든 모피 외투인 건 분명해. 모피 외투 하나 없이 겨울을 나려니 작년엔 고생이 이만저만이 아니었지. 냇가엘 나갈 수가 있나, 들엘 나갈 수가 있나. 오늘만 해도 그래. 옷이란 옷은 모조리 껴입고 나가 버리니 나는 걸칠 것이 없다구. 그런데 이이가 너무 늦는 거 아냐? 돌아올 때가 지났는데. 혹시 어디서 술타령을 벌이고 있는 건 아닐까?'

마트료나가 이런 생각을 하고 있을 때 마침 현관 계단이 삐그

덕거리면서 누군가 들어오는 소리가 났다. 바늘을 일감에 꽂아놓고 마트료나가 밖으로 나가 보니 사내 둘이 안으로 들어서고 있었다. 세몬 옆에 서 있는 낯선 청년은 맨머리에 털장화를 신고 있었다. 그녀는 당장에 남편이 술을 마셨다는 것을 알아차렸다.

'내 이럴 줄 알았다니까.'

다시 보니 남편은 외투도 입지 않은 속옷 바람에 빈손으로 우두커니 서 있었다. 마트료나는 화가 머리끝까지 치밀어올랐다.

'그 돈으로 몽땅 마셔 버린 게 틀림없어. 생판 모르는 건달하고 어울려 진탕 퍼마시고는 그것도 모자라 집에까지 끌고 왔군.'

두 사람 뒤를 따라 집 안으로 들어서던 마트료나는 낯선 사내가 입고 있는 외투가 자기네 것임을 알아보았다. 젊은이는 외투 밑에 내의를 입은 것 같지도 않았고 모자도 쓰고 있지 않았다. 그는 방 안에 들어와서도 잠자코 한 자리에 선 채 움직이지도 않고 고개를 들지도 않았다.

'뭔가 나쁜 짓을 저질러놓고 겁을 집어먹고 있는 게 틀림없어.'

마트료나는 이마를 찌푸린 채 벽난로 쪽으로 멀찌감치 떨어져서서 두 사람이 하는 모양을 지켜보았다. 세몬은 모자를 벗고 태연하게 의자에 걸터앉았다.

"이봐, 왜 그러고 있어? 식사 준비를 해야지."

마트료나는 입 속으로 뭔가 투덜거릴 뿐 벽난로 옆에서 꿈쩍도 하지 않았다. 그녀는 두 사람을 번갈아 쳐다보며 연신 고개를 젓고 있었다. 세몬은 그녀가 몹시 화가 나 있다는 것을 알았다. 그래도 할 수 없다는 듯이 그는 낯선 사내의 손을 잡으면서 말했다.

"자, 앉으라구. 저녁을 먹어야지."

낯선 사내가 의자에 앉았다.

"왜 그래? 저녁 준비를 하지 않은 거야?"

마트료나는 더 이상 화를 참지 못하고 입을 열었다.

"왜 안 해요. 하긴 했지만 당신 몫은 없어요. 보아 하니 당신은 염치마저 홀랑 마셔버린 모양이군요. 모피 사러 간다더니 모피는 커녕 입고 나간 외투마저 남 벗어주고, 그것도 모자라 저 건달을 집에까지 꿰어차고 들어오다니. 당신네 주정뱅이들한테 줄 저녁은 없단 말이에요."

"마트료나, 사정도 모르면서 함부로 떠들어 댈 거야? 어떻게 된 일인지 들어보고 나서 지껄여야지."

세몬은 속주머니를 더듬어 지폐를 꺼냈다.

"자, 돈은 여기 있다구. 도리포노프가 꾸어간 건 못 받았지만 내일은 꼭 주겠다고 약속했어."

그래도 마트료나는 화가 가라앉지 않았다. 양가죽도 못산 터에 단벌 외투는 낯선 벌거숭이 사내한테 벗어줘 버리고, 거기다 그 사내를 집에까지 끌고 오다니. 탁자 위의 돈을 집어 간수하면서 마트료나는 말했다.

"아무튼 저녁은 없어요. 저런 벌거숭이 주정뱅이들을 일일이 아랑곳하다간……."

"이봐, 마트료나. 말 좀 삼가라니까. 우선 내 말을 들어보라구."

"당신 같은 주정꾼의 말은 듣고 자시고 할 것도 없어요. 정말이지 난 당신 같은 주정뱅이와 결혼하고 싶지 않았다구요. 어머니가 주신 옷감들도 모조리 술값으로 날려 버리더니 이번엔 또 양가죽 살 돈마저 목구멍에 홀랑 들이붓고 들어왔군요."

세몬은 자기가 마신 것은 고작 20카페이카뿐이라는 것과, 청년을 데려오게 된 사정을 아내가 알아듣도록 설명하려 했다. 그러나 마트료나는 그에게 말할 기회를 주지 않았다. 어디서 그렇게 좔좔 쏟아져 나오는지 한꺼번에 두 마디 세 마디씩 지껄여대니 세몬이 끼여들 겨를이 없었다. 그녀는 10년도 더 된 옛날 일까지 들추어가며 사정없이 퍼부어대다가 갑자기 세몬에게 달려들어 옷소매를 움켜잡았다.

"여러 말말고 내 옷이나 내놔요! 하나밖에 없는 옷을 빼앗아 입고 뻔뻔하기도 하지! 썩 벗어 달라니까요! 이런 못난이, 팔푼이 같으니라고! 차라리 어디 가서 콱 죽어 버리는 게 낫지."

세몬이 옷을 벗으려는데 마트료나가 달려들어 잡아당기는 바람에 솔기가 부드득 뜯어졌다. 마트료나는 옷을 나꿔채 입고 문께로 달려갔다. 그대로 나가 버리려고 하다가 그녀는 문득 걸음을 멈췄다. 속은 상하지만 그래도 이 사내가 누군지는 밝혀내야겠다고 생각했던 것이다.

4

마트료나는 멈춰 서서 입을 열었다.

"온전한 사람이라면 저렇게 맨발로 돌아다닐 리가 없지. 게다가 저 사람은 내의조차 입지 않았다구요. 당신이 나쁜 짓을 하지 않았다면 어디서 저 사람을 끌고 왔는지 왜 말을 못하는 거죠?"

"아까부터 그 말을 하려던 참이야. 집으로 돌아오는 길에 이 사람이 교회 담 밑에 쭈그리고 앉아 있는 걸 우연히 보게 되었단 말이오. 꽁꽁 얼어붙은 알몸으로 말이야. 글쎄, 여름도 다 갔는데 벌거숭이라니! 마침 하늘이 도와서 내가 그리로 지나가게 됐으니 망정이지, 하마터면 그대로 얼어죽을 뻔했다니까. 살아가노라면 언제 무슨 일을 당할지 누가 알겠소! 그래 내가 외투를 입혀서 데리고 왔지. 마트료나, 당신도 마음을 가라앉히고 이 사람 처지를 생각해 보구려. 사람은 누구든 한 번은 죽는 거니까."

마트료나는 뭔가 좀더 심한 말을 퍼부어주고 싶었으나 낯선 젊은이를 쳐다보자 왠지 말문이 막혔다. 청년은 걸상 끄트머리에 죽은 듯이 꼼짝도 하지 않고 앉아 있었다. 두 손은 무릎 위에 올려놓고 가슴팍에 고개를 떨군 채, 눈을 드는 일도 없이 마치 무엇에 목을 졸리고 있기라도 한 것처럼 얼굴을 잔뜩 찌푸리고 있었다. 마트료나가 잠자코 있자 세몬이 다시 입을 열었다.

"마트료나, 당신에겐 하느님도 없소?"

마트료나는 그 말을 듣고 다시 한 번 낯선 청년을 바라보았다. 그러자 부글거리던 노여움이 홀연히 가라앉았다. 그녀는 돌아서서 방구석에 있는 난로 곁으로 걸어가 저녁상을 차리기 시작했다. 잔을 탁자 위에 놓고 크바스(*귀리와 엿기름으로 만든 러시아 맥주)를 따르고 남은 빵을 내놓았다. 나이프와 스푼을 놓으면서 그녀가 말했다.

"와서 식사들 하세요."

세몬은 낯선 청년을 식탁으로 데리고 갔다.

"앉으라구, 젊은이."

세몬이 빵조각을 잘게 썰었다. 두 사람은 먹기 시작했다. 마트료나는 식탁 끝에 앉아 한 손으로 턱을 괴고 낯선 젊은이를 바라보았다. 그러자 문득 젊은이가 가여워져서 돌보아 주고 싶다는 생각이 들었다. 그 순간 청년이 갑자기 밝은 표정을 짓더니 찌푸렸던 이마를 펴고 눈을 들어 그녀를 쳐다보며 싱긋 웃었다. 식사가 끝나자 마트료나는 그릇들을 치우고 낯선 청년에게 물었다.

"당신은 어디서 왔죠?"

"저는 이 고장 사람이 아닙니다."

"그런데 어째서 그런 곳에 있었나요?"

"그건 말할 수 없습니다."

"당신 옷은 누가 벗겨간 거죠?"

"하느님께서 벌을 내리신 겁니다."

"그래서 벌거벗고 쓰러져 있었단 말이에요?"

"네, 벌거벗은 채 쓰러져 거의 얼어죽을 뻔했죠. 그런데 댁의 주인께서 저를 발견하고 가엾게 여겨 외투를 벗어서 입혀주고는 여기까지 데리고 온 겁니다. 여기 오자 이번엔 아주머니께서 절 불쌍하게 생각하시고 먹을 것과 마실 것을 주셨죠. 두 분께는 하느님의 은총이 내릴 겁니다."

마트료나는 자리에서 일어나 방금 기워놓은 세몬의 낡은 내의를 창가에서 집어다 젊은이에게 건네주었다.

"자, 이거라도 입어요. 그리고 어디든 마음에 드는 자리에 누워서 자요. 침대 위든 벽난로 옆이든."

낯선 젊은이는 외투를 벗고 내의를 입은 다음 침대에 드러누웠다. 마트료나는 불을 끄고 외투를 집어 남편 있는 데로 갔다. 외투 자락을 덮고 누웠으나 좀처럼 잠이 오지 않았다. 낯선 젊은이의 일이 도무지 머리에서 떠나질 않았던 것이다. 젊은이가 마지막 남은 빵을 먹어 버리는 바람에 당장 내일 아침 먹을 것이 없다는 것과, 남편의 내의를 주어버린 일을 생각하면 아쉬운 마음이 드는 것은 사실이었다. 그러나 젊은이가 싱긋 웃던 걸 생각하면 그녀의 마음은 어느새 환하게 밝아지는 것이었다.

마트료나는 오래도록 잠을 이루지 못했다. 세몬도 잠이 오지 않는지 외투 자락을 한 번씩 끌어당기곤 했다.

"남은 빵을 다 먹어 버렸는데, 반죽을 해두지도 않았으니 내일은 어쩌죠? 옆집 말라냐네더러 좀 꾸어 달랄까?"

"그러든지. 설마 산 입에 거미줄 치려고."

마트료나는 한동안 말없이 누워 있었다.

"그런데 저 사람 말이에요. 나쁜 사람 같지는 않은데 어째서 자기 얘기는 통 하려 들지 않는 걸까요?"

"뭔가 말못할 사정이 있겠지."

"세몬!"

"응?"

"우리는 남을 도와주는데, 남들은 왜 아무도 우리를 도와주지 않는 거죠?"

세몬은 뭐라고 대답해야 할지 알 수 없었다.

"거 쓸데없는 소리 작작 하라니까."

그렇게 말하고 나서 그는 휙 돌아누워 잠들어 버렸다.

5

이튿날 세몬은 아침 일찍 잠이 깼다. 아이들이 일어나기 전에 마트료나는 이웃집으로 빵을 꾸러 갔다. 어제 데리고 온 낯선 청년은 낡은 내의를 입은 채 걸상에 앉아 천장을 바라보고 있었다. 그의 얼굴은 어제보다 한결 밝아 보였다.

"어떤가, 젊은이! 배는 빵을 원하고 벗은 몸뚱이는 옷을 원하니 뭔가 벌이를 해야 하지 않겠나? 자네는 무슨 일을 할 줄 아나?"

"저는 아무것도 할 줄 모릅니다."

세몬은 깜짝 놀라서 말했다.

"뭐든 해보려는 마음만 있으면 되는 거야. 배워서 못할 일은 없으니까."

"다들 일을 하니 저도 뭐든 해보겠습니다."

"그런데 자네 이름은 뭔가?"

"미하일입니다."

"그래, 미하일. 자네는 신상 이야기를 하고 싶지 않은 모양인데, 그런 건 아무래도 좋아. 꼭 알아야 할 이유는 없으니까. 하지만 아무튼 밥벌이는 해야 해. 내가 시키는 대로 일을 해주면 밥은 먹여주겠네."

"고맙습니다. 뭐든 열심히 배우겠습니다. 가르쳐만 주십시오."

세몬은 실을 집어 손가락에 감아서 꼬기 시작했다.

"어려울 건 없어. 자, 보라구."

미하일은 잠시 들여다보더니 금방 배워서 따라 했다. 세몬은 다시 꼰 실을 찌는 법을 가르쳤다. 미하일은 이번에도 금방 배웠다. 주인이 실을 꿰어 가죽 깁는 시범을 해보이자 미하일은 이것도 이내 익혔다. 세몬이 무엇을 가르쳐도 미하일은 금방 터득하여 사흘이 지나자 거의 모든 작업 과정을 능숙하게 해낼 수 있게 되었다. 마치 이제까지 줄곧 구두를 꿰매어 온 사람 같았다.

그는 부지런히 일하고 조금밖에 먹지 않았다. 그리고 한가할 때면 조용히 천장만 쳐다보았다. 밖으로 나가지도 않고, 농담을 하거나 웃는 법도 없었다. 미하일이 웃어보인 건 처음 왔던 날 마트료나가 저녁을 준비했을 때뿐이었다.

6

하루가 지나고 1주일이 지나고 1년이 지났다. 미하일은 여전히 세몬의 집에 살면서 가게 일을 거들어주고 있었다. 미하일의 솜씨에 대해서는 소문이 자자했다. 세몬의 직공 미하일만큼 튼튼하고 모양 좋은 구두를 짓는 사람은 없다고 하여 이웃 마을에서까지 주문이 밀려드는 바람에 세몬의 수입은 날로 늘어갔다.

어느 겨울날이었다. 세몬이 미하일과 마주앉아 일을 하고 있는데 삼두마차 한 대가 방울 소리도 요란하게 집 앞에 멈췄다. 창문으로 내다보니 마차는 가게 바로 앞에 멈춰 서 있었는데, 젊은 사람 하나가 마부석에서 뛰어내려 마차 문을 열었다. 마차 안에서 모피 외투를 입은 신사가 나왔다. 마차에서 내린 신사는 세몬의 가게를 향해 층계를 올라왔다. 마트료나가 뛰어나가 문을 활짝 열었다. 신사는 몸을 구부리고 가게 안으로 들어와 허리를 쭉 폈다. 그는 머리가 천장에 닿을 만큼 키가 컸고 몸집은 방 안을 꽉 채울 정도였다.

세몬이 일어나서 인사를 했다. 그는 신사의 거대한 몸집에 놀라 벌린 입을 다물지 못했다. 이제껏 살아오면서 이런 사람은 본 적이 없었던 것이다. 세몬도 호리호리한 체격이었고 미하일도 여윈 편이었으며 마트료나로 말할 것 같으면 더욱이나 삐쩍 마른 나뭇가지나 다름없는 몸매였는데, 이 신사는 어디 딴세상에서라도 왔는지 얼굴은 불그스름하게 윤이 나고 목덜미는 황소처럼 굵직한 것이 마치 온 몸이 무쇠로 만들어진 것 같았다. 신사는 숨을 한 번 크게 내쉬더니 외투를 벗고 의자에 앉으면서 물었다.

"주인이 누군가?"

세몬이 앞으로 나서면서 말했다.

"제가 주인인뎁쇼, 나리."

손님은 하인에게 큰 소리로 외쳤다.

"페치카, 물건을 가져오너라!"

하인이 달려가 꾸러미 하나를 들고 들어왔다. 손님은 꾸러미를 탁자 위에 올려놓았다.

"풀어."

하인이 꾸러미를 풀었다. 안에서 나온 것은 가죽이었는데, 손님이 그것을 손가락으로 쿡쿡 찌르며 세몬에게 말했다.

"이게 무슨 가죽인지 알겠나?"

"알고말굽쇼, 나리."

"이봐, 정말 이 가죽이 무슨 가죽인지 안단 말인가?"

세몬이 가죽을 만져보고 나서 대답했다.

"네 아주 좋은 가죽입니다요."

"그야 물론 좋은 가죽이지. 얼간이 같으니라고, 자넨 이런 가죽을 구경조차 못해 봤을걸. 이건 도이칠란트산이야. 20루블이나 주고 산 거라구."

세몬은 겁먹은 얼굴로 말했다.

"저 같은 놈은 감히 만져볼 수도 없는 물건이구만요."

"그렇다마다. 그런데 이걸로 내 발에 꼭 맞는 장화를 지을 수 있겠나?"

"지을 수 있고말굽쇼, 나리."

신사는 느닷없이 버럭 고함을 질렀다.

"지을 수 있다고? 도대체 누구의 장화를 짓는지, 어떤 가죽으로 짓는지 똑똑히 기억해 두란 말이야! 나는 1년을 신어도 모양이 망가지지 않고 꿰맨 자리가 뜯어지지도 않는 장화를 원해! 그렇게 만들 자신이 있으면 맡아서 재단을 하라구. 아니라면 아예 손대지 않는 게 좋아. 미리 말해 두지만, 만약 장화가 1년 안에 망가지거나 찢어지기라도 하면 네놈을 감옥에 처넣어 버릴 테니까. 대신 1년이 지난 뒤에도 멀쩡하면 그때 가서 품삯으로 10루블을 주지."

세몬은 겁이 더럭 나서 미처 대꾸할 말을 찾지 못하고 미하일 쪽을 힐끗 돌아보았다. 팔꿈치로 미하일을 쿡쿡 찌르면서 세몬이 조그만 소리로 물었다.

"이봐, 어떻게 하지?"

미하일은 일을 맡으라는 듯 고개를 약간 끄덕여 보였다. 세몬은 미하일을 믿고 1년이 지나도 망가지거나 찢어지지 않는 장화를 만드는 일을 맡기로 했다. 신사는 하인을 불러 왼쪽 발의 구두를 벗기게 하고는 다리를 쭉 폈다.

"치수를 재라구!"

세몬은 50센티미터 정도 되는 종이를 이어 붙였다. 그런 다음 자리를 깔고 무릎을 꿇고 손님의 양말을 더럽히지 않도록 앞치마에 손을 닦은 뒤 치수를 재기 시작했다. 먼저 발바닥을 재고 다음으로 발등을 재고 나서 종아리를 잴 차례가 되었는데 양쪽 종이 끝이 닿지 않았다. 손님의 종아리가 통나무만큼이나 굵었던 것이다.

"정신 똑바로 차리고 하라구. 종아리가 꽉 끼어서는 안 되니까."

세몬은 다시 종이를 이어 붙였다. 신사는 의젓하게 앉아 양말 속의 발가락을 꼼지락거리면서 방 안의 사람들을 둘러보다가 미하일을 보더니 물었다.

"저 사람은 누구지?"

"저희 가게의 직공인데 솜씨가 그만입지요. 그가 나리의 장화를 짓게 될 것입니다요."

"똑똑히 기억해 두라구. 1년을 신어도 끄떡없는 신발을 만들어야 해."

신사가 미하일에게 말했다. 세몬도 미하일을 돌아보았다. 그런데 미하일은 손님의 얼굴은 보지도 않고 그 뒤의 구석만 응시하고 있었다. 마치 그곳에 누군가가 있어 그가 누군지 알아내려고 유심히 살피고 있는 것 같은 표정이었다. 한동안 물끄러미 방구석을 바라보고 있던 미하일은 갑자기 싱긋 웃더니 얼굴이 환하게 밝아졌다.

"뭘 보고 싱글거리는 거야? 멍청한 놈 같으니! 정신차려서 기한내에 장화를 만들어낼 궁리나 할 일이지."

"네, 기한내에 틀림없이 만들어 놓겠습니다."

미하일이 말했다.

"명심하라구."

신사는 구두를 신고 외투를 입은 다음 문간으로 향했다. 그런데 허리를 구부려야 한다는 사실을 깜빡 잊어버린 탓에 문틀에다 이마를 세게 들이받았다. 신사는 한바탕 욕설을 퍼붓고는 이마를 문지르며 마차를 타고 가버렸다.

신사가 떠나는 걸 보고 세몬이 말했다.

"정말 굉장한 손님이야. 저런 사람은 여간해서 죽일 수도 없을 걸. 문틀이 부서지도록 이마를 부딪쳤는데도 그다지 아파하는 것 같지 않더군."

그러자 마트료나가 말했다.

"저렇게 호사하게 사는데 체격이 안 좋을 수가 있겠수? 저런 사람한테는 저승사자도 감히 범접을 못할 거예요."

7

세몬이 미하일에게 말했다.

"일을 맡긴 했지만 까딱 잘못하다간 꼼짝없이 감옥행이야. 최고급 가죽인데다 손님 성깔도 여간 아니니 만에 하나라도 실수가 없어야 할 텐데. 자네가 눈도 밝고 나보다 솜씨도 나으니 여기 이 치수대로 재단을 해보게. 나는 겉가죽을 꿰맬 테니까."

미하일은 시키는 대로 신사가 가져온 가죽을 탁자 위에 펼쳐놓고 가위로 자르기 시작했다. 옆에 서서 미하일이 마름질하는 것을 들여다보고 있던 마트료나는 깜짝 놀랐다. 구두 짓는 일이라면 그녀도 이젠 제법 안다고 자부하는 터인데, 가만 보니 미하일은 손님이 주문한 장화 모양과는 전혀 딴판으로 가죽을 둥글게 자르고 있었던 것이다. 주의를 줄까 하다가 그녀는 다시 생각했다.

'손님이 주문한 내용을 내가 제대로 듣지 못한 것인지도 모르지. 나보다야 아무래도 미하일이 더 잘 알고 있을 테니까 공연히 참견하지 않는 게 좋을 거야.'

미하일은 마름질을 마치고 가죽을 꿰매기 시작했다. 그런데 장화를 꿰맬 때 쓰는 두겹실이 아니라 슬리퍼를 짓는 한겹실을 사용하는 것이었다. 마트료나는 이번에도 깜짝 놀랐으나 역시 참견하지 않았다. 미하일은 부지런히 일손을 놀리고 있었다.

점심때가 되어 세몬이 일어나서 보니 미하일은 신사의 가죽으로 슬리퍼를 만들고 있었다. 세몬은 너무 놀라서 비명을 질렀다.

'이게 웬일인가. 우리 집에서 일한 지 1년이 넘도록 미하일이 실수하는 걸 본 적이 없는데 하필이면 지금 같은 때 이런 엄청난 잘못을 저지르다니. 손님은 굽 있는 장화를 주문했는데 밋밋한 슬리퍼 따위를 만들었으니 가죽을 통 못쓰게 돼 버렸잖아. 손님한테 뭐라고 변명한단 말인가? 이런 가죽은 쉽게 구할 수도 없을 텐데.'

그는 미하일에게 말했다.

"여보게, 이게 무슨 짓인가? 자네 나를 죽이려고 작정했구만. 손님은 분명 장화를 주문했는데 자넨 도대체 뭘 만들어 놓은 건가?"

세몬이 미하일을 나무라기 시작한 순간, 현관 문고리가 덜거덕거리더니 누군가가 문을 두드렸다. 창문으로 내다보니 누가 말을 타고 와서 이제 막 고삐를 비끄러매고 있는 중이었다. 나가 보니 그는 좀전에 왔던 신사의 하인이었다.

"안녕하십니까?"

"어서 와요. 그런데 무슨 일로?"

"주문했던 장화에 관한 일로 마님의 심부름을 왔습니다."

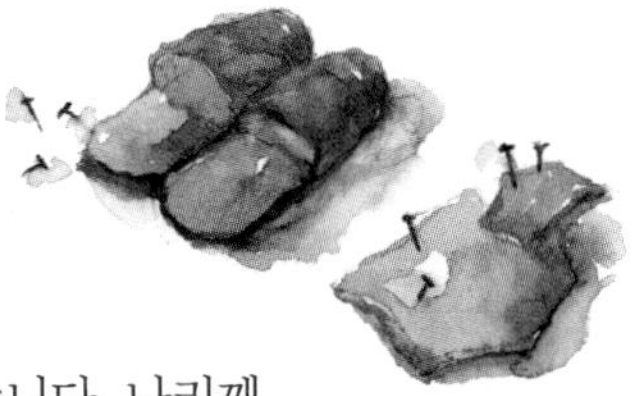

"장화에 관한 일이라고?"

"장환지 구둔지 이젠 필요 없게 됐습니다. 나리께

서 돌아가셨거든요."

"아니, 뭐라고 했소?"

"여기서 댁으로 돌아가시던 길에 마차 안에서 돌아가셨습니다. 댁에 도착해서 내려 드리려고 보니까 나리께서 짐짝처럼 바닥에 뒹굴고 있는 게 아니겠습니까? 벌써 몸이 굳어버린 뒤라 가까스로 마차에서 끌어내렸지요. 그래 마님께서 제게 분부하셨습니다. '구둣방에 가서 말하거라. 아까 나리께서 주문하신 장화는 필요 없게 되었으니 대신 그 가죽으로 죽은 사람에게 신기는 슬리퍼를 지어달라고 말이야. 그리고 완성되길 기다려서 슬리퍼를 가지고 오너라.' 그래서 제가 이렇게 달려온 것입니다."

미하일은 마름질하고 남은 가죽 조각을 뭉쳐 탁자 한 켠으로 치우고 나서 완성된 슬리퍼를 툭툭 털어 앞치마에 닦은 다음 하인에게 내밀었다.

"안녕히 계십시오. 여러분! 이만 가보겠습니다."

하인은 슬리퍼를 받아들고 돌아갔다.

8

다시 1년이 지나고 2년이 지나 미하일이 세몬의 집에 온 지도 어느덧 6년이 되었다. 처음이나 마찬가지로 그는 어딜 나다니지도 않고 실없는 소리를 지껄이는 법도 없었다. 그 동안 그가 웃은 것은 단 두 번뿐이었다. 마트료나가 저녁을 차려주었을 때와 장화를 맞추러 온 신사를 보았을 때였다.

세몬은 이 제자가 기특해 죽을 지경이었다. 그는 이제 더 이상 미하일에게 어디서 왔느냐고 묻지 않았다. 다만 미하일이 일을 그만두고 나가 버리지나 않을까 은근히 걱정스러울 뿐이었다.

어느 날 온 식구가 한자리에 모여 있을 때였다. 마트료나는 화덕에 냄비를 올리고, 아이들은 의자 사이를 뛰어다니거나 창 밖을 내다보며 놀고 있었다. 세몬은 창가에 앉아 가죽을 꿰매고 미하일은 다른 창가에서 구두 뒤축을 다는 중이었다.

그때 사내아이가 의자를 넘어 미하일에게 다가와서 그의 어깨를 흔들며 창 밖을 가리켰다.

"미하일 아저씨, 저길 좀 봐요. 어떤 아줌마가 계집애 둘을 데리고 우리 집으로 오고 있어요. 계집아이 하나는 절름발인데요?"

그 말을 듣자마자 미하일은 갑자기 일손을 멈추고 고개를 돌려 창문 밖을 유심히 바라보았다. 세몬은 놀랐다. 이제껏 바깥을 내다보는 일이라곤 없던 사람이 오늘따라 창문에 얼굴을 들이대다시피 하고 뭔가를 정신없이 바라보고 있었기 때문이었다. 세몬도 밖을 내다보았다. 깨끗하게 차려입은 부인이 가게를 향해 걸어오고 있었다. 부인은 털외투를 입고 두툼한 목도리를 두른 두 여자

아이의 손을 잡고 있었다. 아이들은 누가 누군지 분간할 수 없을 만큼 닮은 얼굴을 하고 있었는데, 다만 한 아이가 다리를 약간 절고 있었다.

부인은 현관 계단을 올라와 문을 열더니 먼저 두 여자아이를 안으로 들여보내고 자기도 따라들어왔다.

"안녕하세요!"

"어서 오십시오. 무슨 볼일이신지?"

부인은 탁자 옆에 앉았다. 여자아이들은 낯이 선 듯 그녀의 무

릎에 매달렸다.

“아이들에게 봄에 신을 구두를 맞춰 주려고요.”

“그러세요? 저희들은 그렇게 작은 구두를 지어본 적이 없지만, 뭐, 할 수 있을 겁니다. 가장자리에 장식을 단 것이 좋을까요, 안에 천을 받친 것이 좋을까요? 여기, 미하일은 솜씨가 정말 훌륭하답니다.”

세몬이 미하일을 돌아보니, 그는 우두커니 앉아 두 여자아이의 얼굴을 뚫어져라 쳐다보고 있었다. 그 모습이 다시 세몬을 놀라게 했다. 하긴 두 아이 모두 드물게 예쁘기는 했다. 눈동자는 새까맣고 두 볼은 포동포동하고 발그스름했으며, 모피 외투에 비싼 목도리를 두르고 있었다. 그렇더라도 미하일이 무슨 연유로 저렇듯 열심히 아이들을 바라보고 있는지 세몬은 이해할 수 없었다. 미하일은 마치 그 아이들을 이전부터 잘 알고 있는 것 같았다.

세몬은 이상하다고 생각하면서도 부인에게로 돌아앉아 흥정을 계속했다. 곧 값을 정하고 치수를 잴 차례가 되었다. 부인은 다리를 저는 아이를 안아 올려 무릎에 앉혔다.

“수고스럽겠지만 이 아이의 치수는 두 가지로 재 주셔야겠어요. 불편한 발 쪽은 한 짝이면 되고 성한 발에 맞춰선 세 짝을 지어 주세요. 두 아이가 치수가 같거든요. 이 아이들은 쌍둥이랍니다.”

세몬은 치수를 재고 나서 다리가 불편한 아이를 가리키며 물었다.

"어쩌다 이렇게 됐습니까? 정말 귀여운 아인데……. 날 때부터 그랬었나요?"

"아니에요. 아이들 엄마가 잘못해서 그만……."

이때 마트료나가 끼어들었다. 부인과 아이들이 어디 사는 누구인지 궁금해서 견딜 수가 없었던 것이다.

"그럼 부인은 이 아이들의 친어머니가 아니신가요?"

"어머니도 아니고 친척도 아니랍니다. 남남간이지만 그냥 맡아서 기르고 있는 거예요."

"그런데도 이처럼 귀여워하시는군요."

"직접 낳은 아이가 아니더라도 키우다 보면 정이 들게 마련이니까요. 두 아이 다 제 젖을 먹여 길렀답니다. 제 아이도 있었지만 하느님께서 데려가셨지요. 죽은 아이는 그렇게 불쌍한 줄 몰랐는데 이 아이들은 정말 가엾어서 견딜 수가 없었어요."

"그럼 이 아이들은 어느 댁 따님들인가요?"

9

부인은 다음과 같은 이야기를 들려주었다.

"벌써 6년 전의 일이랍니다. 이 두 아이는 태어난 지 1주일도 못 되어 고아가 되어 버렸지요. 아버지는 아이들이 태어나기 사흘 전에 세상을 떠나고 어머니는 아이들을 낳고 곧 숨을 거뒀답니다. 저는 남편과 함께 이웃에서 농사를 짓고 살았는데, 이 아이들의 부모와는 한식구처럼 지내는 사이였지요.

아이들 아버지는 숲에 들어가 혼자서 일을 하다가 어느 날 큰 나무가 넘어지면서 허리를 덮치는 바람에 쓰러져 정신을 잃었어요. 가까스로 집에까지 옮겨다 놓았지만 곧 저 세상으로 가고 말았지요. 그리고 며칠 안 있어 그의 아내가 쌍둥이를 낳은 거예요. 바로 이 아이들이죠. 집이 몹시 가난한 데다 돌봐줄 친척 하나 없어, 애들 엄마는 혼자 아기를 낳고 혼자 죽어갔답니다. 해산 다음 날 아침에 제가 문안을 갔더니, 가엾게도 애들 엄마는 이미 이 세상 사람이 아니었습니다. 설상가상으로 숨을 거두는 순간 바로 이 아이 위로 쓰러지는 바람에 이 아이는 다리 한 쪽을 못쓰게 되고 말았죠.

마을 사람들이 죽은 사람을 씻기고 수의를 입히고 관을 만들어 장례를 치렀습니다. 다들 친절한 사람들이거든요. 하지만 뒤에 남은 갓난아기들 일이 걱정이었지요. 모인 여자들 중에 젖먹이가 딸린 이는 저뿐이었습니다. 제겐 태어난 지 8주밖에 안 된 첫아들이 있었거든요. 그래서 제가 잠시 두 아이를 맡기로 했습니다. 마을 사람들은 다시 의논을 했죠. 하지만 무슨 뾰족한 수가 있었겠어요? 하루는 마을 사람들이 제게 말했습니다. '마리아, 아이

들을 좀더 데리고 있어 줘요. 우리가 어떻게든 대책을 세워볼 테니까 그때까지만.'

저는 다리가 온전한 아이에게만 젖을 물렸습니다. 또 한 아이에겐 아예 먹일 생각도 하지 않았죠. 어차피 살 수 없을 거라고 생각했던 것입니다. 그러다가 갑자기 이 아이가 너무 불쌍하다는 생각이 들었어요. 그 뒤론 모두에게 똑같이 젖을 먹였습니다. 제 아이와 이 아이들 둘 해서 한꺼번에 세 아이를 키우게 된 거죠. 그때야 젊고 기운도 펄펄하고 먹성도 좋았으니까 그럴 수 있었을 거예요.

두 아이에게 젖을 물리고 있는 동안 한 아이는 차례를 기다려야 했습니다. 한 아이가 젖꼭지를 놓아야 다음 아이가 먹을 수 있었죠. 하느님의 돌보심으로 이 두 아이는 무럭무럭 자랐습니다. 그런데 제가 낳은 아이는 두 살 되던 해에 그분께서 데려가고 말았지요.

그 후 살림살이는 점점 나아졌습니다. 지금은 이 거리 상인들 소유의 물방앗간 일을 맡아보고 있는데 수입이 좋아 살아가는 데는 아무런 걱정이 없답니다. 다만 아이가 없을 뿐이죠. 정말 이 아이들이 없었다면 혼자 쓸쓸해서 어떻게 살았을까요! 제가 이 아이들을 귀여워하는 건 너무나 당연한 일이죠. 이 아이들은 제게 촛불과도 같은 존재인 걸요."

부인은 한 손으로 다리를 저는 아이를 당겨 안으면서 다른 한 손으론 빰을 타고 흘러내리는 눈물을 닦았다. 마트료나가 긴 한숨을 내쉬며 말했다.

"부모 없이는 살 수 있어도 하느님 없이는 살 수 없다더니 과연 그 말이 옳은 것 같군요."

세 사람이 이런 말들을 주거니받거니 하고 있을 때, 갑자기 미하일이 앉아 있는 구석에서 섬광이 비치더니 방 안이 환하게 밝아졌다. 미하일은 두 손을 무릎에 얹고 하늘을 올려다보며 빙그레 웃고 있었다.

10

부인이 아이들을 데리고 돌아가자 미하일은 걸상에서 일어나 일감을 탁자 위에 올려놓고 앞치마를 벗더니 주인 내외에게 공손히 절을 하면서 말했다.

"이제 작별을 해야겠습니다. 하느님께서 저를 용서해 주셨으니 두 분께서도 부디 저를 용서해 주십시오."

주인 내외는 그에게서 눈부신 후광이 비치고 있는 것을 보았다. 세몬도 일어나 마주 절하면서 말했다.

"미하일, 역시 자네는 보통 인간이 아니었군. 더 이상 자네를 붙잡을 수도, 이것저것 캐물을 수도 없을 것 같네. 하지만 이것 한 가지만은 알려 줄 수 없겠나? 내가 처음 자네를 만나 집으로 데리고 왔을 때 자네는 몹시 어두운 얼굴을 하고 있었네. 그러다가 집사람이 저녁을 대접하자 자네는 싱긋 웃으며 갑자기 표정이 밝아졌는데, 그건 어찌된 영문인가? 그 뒤 어느 신사분이 장화를 맞추러 온 적이 있었지. 그때도 자넨 싱긋 웃으며 밝은 표정을 지었어. 아까 그 부인이 아이들을 데리고 왔을 때 자네는 세 번째로 웃었네. 그리고 자네 몸에서 후광이 비쳤지. 미하일, 왜 자네 몸에서 빛이 나는지, 그리고 어째서 세 번을 웃었는지 그 까닭을 말해 주지 않겠나?"

미하일이 입을 열었다.

"제 몸에서 빛이 나는 건 다름이 아닙니다. 저는 지금까지 하느님의 벌을 받고 있었는데 이제 용서를 받았기 때문이지요. 그리고 제가 세 번 웃은 것은 하느님께서 제게 내리신 세 가지 말씀의 뜻을 알게 되었기 때문입니다. 첫 번째 말씀의 뜻은 아주머니께서 저를 가엾게 여겨주셨을 때 깨달았지요. 그래서 웃었던 것입니다. 두 번째 말씀의 뜻은 부자 나리가 장화를 주문했을 때 알게 되었습니다. 그래서 두 번째로 웃었지요. 그리고 오늘 두 여자아이를 보았을 때 세 번째 말씀의 의미를 알게 되어 또다시 웃은 것입니다."

세몬이 다시 물었다.

"하느님께선 무슨 이유로 자네에게 벌을 내리셨는가? 그리고 하느님의 세 가지 말씀이란 뭔가?"

미하일이 대답했다.

"제가 벌을 받은 것은 하느님의 말씀을 거역했기 때문입니다. 저는 본래 천사였는데, 하루는 하느님께서 제게 한 여인의 영혼을 거두어 오라는 분부를 내리셨습니다. 제가 지상에 내려와서 보니 그 여인은 몹시 쇠약한 몸으로 자리에 누워 있었습니다. 여인은 방금 쌍둥이 아이를 낳았던 것입니다. 갓난아기들은 어머니 곁에서 꼼지락거리고 있는데 어머니는 아기들에게 젖을 먹일 기운조차 없어 보였습니다. 여인은 나를 보자 하느님께서 보내신

줄 짐작하고 흐느껴 울면서 말했습니다.

'오, 천사님! 제 남편은 숲에서 일하다 나무에 깔려 죽었습니다. 바로 엊그제 장례를 치렀지요. 제겐 형제자매도, 아주머니도 할머니도 없습니다. 이 갓난애들을 돌봐줄 사람은 아무도 없습니다. 제발 제 영혼을 거둬가지 마시고 이 아이들을 제 손으로 키울 수 있게 해주십시오! 이 핏덩이들이 부모 없이 어떻게 목숨을 부지할 수 있겠습니까!'

저는 여인이 애원하는 말을 듣고 아기 하나를 안아 어머니의 젖꼭지를 물려주고 다른 아기는 어머니의 품에 안겨준 다음 하늘나라로 돌아갔습니다. 그리고 하느님께 말씀드렸습니다.

'여인의 영혼은 거두어 오지 못했습니다. 여인의 남편은 나무에 깔려 죽고, 여인은 방금 쌍둥이를 낳은 참이었습니다. 그 여인은 저를 보고 울면서 애원했습니다. 제발 영혼을 거두어 가지 말아 달라고 말입니다. 제발 자기 손으로 아이들을 키울 수 있게 해달라면서, 부모가 없으면 그 갓난아이들은 살 수 없을 거라고 말했습니다. 저는 차마 그 여인의 영혼을 빼앗을 수 없었습니다.'

그러자 하느님께서 다시 분부하셨습니다.

'내려가 산모의 영혼을 거두어라. 그러면 세 가지 말의 뜻을 알게 될 것이다. 인간의 내부에는 무엇이 있는가? 인간에게 허락되지 않은 것은 무엇인가? 그리고 사람은 무엇으로 사는가? 이 세 가지를 알게 되는 날 너는 하늘나라로 돌아올 수 있을 것이다.'

그래서 저는 다시 지상으로 내려와 산모의 영혼을 거두었습니다. 아기들은 어머니 품에서 떨어졌으나, 죽은 여인의 몸이 침대 위로 쓰러지면서 한 아이를 덮쳐 그만 한 쪽 다리를 못 쓰게 만들고 말았습니다. 저는 여인의 영혼을 하느님께 바치기 위해 다시 하늘로 날아올라 갔습니다. 그런데 갑자기 거센 바람이 몰아쳐 제 두 날개를 부러뜨렸습니다. 그래서 그 여인의 영혼만 하늘나라로 올라가고 저는 지상으로 떨어지게 되었던 것입니다."

11

세몬과 마트료나는 자기들이 먹이고 입혔던 사람이 누구인지, 자기들과 같이 살고 함께 일해 온 사람이 누구인지를 깨닫고 두려움과 기쁨으로 눈물을 흘렸다.

천사가 다시 입을 열었다.

"저는 벌거벗은 채 홀로 들판에 버려졌습니다. 그때까지 저는 인간 생활의 괴로움도 모르고 추위나 굶주림도 알지 못했습니다. 배가 몹시 고프고 몸은 얼어오는데 전 어떻게 해야 할지 알 수가 없었습니다. 그때 문득 하느님을 섬기는 교회가 들판 가운데 서 있는 게 보였습니다. 저기 몸을 의지하면 되겠다 싶어 저는 그곳으로 다가갔습니다. 그러나 교회 문이 잠겨 있어 들어갈 수가 없었습니다. 그래서 바람이나 피하려고 교회 뒤쪽에 웅크리고 앉아 있었지요.

날이 저물자 허기는 더욱 심해지고 몸은 꽁꽁 얼어붙어 금방 죽을 것만 같았습니다. 그때 문득 어떤 사람이 장화를 들고 길을 걸어오면서 혼자 중얼거리는 소리가 들렸습니다. 저는 인간이 되어 처음으로 언젠가는 죽어야 할 인간의 얼굴을 보았습니다. 그 얼굴을 쳐다보기가 두려워 저는 고개를 돌려 버렸습니다. 그런데 가만히 들어보니 그 사나이는 어떻게 이 추운 겨울을 날 것인가, 어떻게 처자식을 먹여 살릴 것인가를 걱정하고 있었습니다. 그래서 저는 생각했습니다.

'나는 지금 추위와 굶주림으로 죽어가고 있다. 마침 저기 사람이 오고 있지만, 그는 자기 아내의 모피 외투를 마련할 일이며 식구들을 먹여 살릴 일 때문에 걱정이 태산 같으니 나를 도와주긴 틀렸다.'

그 사람은 저를 보더니 이마를 찡그리며 아까보다 더욱 무서운 얼굴이 되어 그대로 지나가 버렸습니다. 실낱 같은 한 줄기 희망마저 사라져 버린 것이었습니다. 그런데 갑자기 사나이가 되돌아오는 발소리가 들렸습니다. 그의 얼굴을 본 순간 저는 조금 전에 지나간 사람이 아니구나, 하고 생각했을 정도였습니다. 아까는 그 얼굴에 죽음의 기운이 서려 있었는데, 다시 돌아왔을 때 보니 만면에 생기가 돌고 하느님의 그림자가 그 속에 얼비쳐 있었거든요.

사나이는 제게로 다가오더니 자기가 입고 있던 옷을 벗어서 입혀주고 저를 자기 집으로 데리고 갔습니다. 집에 당도하자 한 여인이 뛰어나와 잔소리를 늘어놓기 시작했습니다. 그 여인은 사나이보다 훨씬 더 무서운 얼굴을 하고 있었습니다. 그녀의 입에서 뿜어져나오는 죽음의 독기 때문에 저는 숨을 쉴 수도 없었습니다. 여인은 저를 밖으로 내몰려고 했습니다. 만약 그대로 저를 내쫓았다면 여인은 그 자리에서 죽고 말았을 것입니다. 저는 그 사실을 알고 있었습니다.

그때 여인의 남편이 문득 하느님을 상기시켰습니다. 그러자 갑자기 여인의 기세가 누그러지면서 태도가 부드러워졌습니다. 여인은 제게 저녁밥을 권했습니다. 그러면서 저를 쳐다보는 여인의 얼굴에서 죽음의 그림자는 이미 흔적조차 사라지고 없었습니다. 여인의 얼굴에는 생기가 넘쳤습니다. 저는 거기서 하느님의 모습을 보았습니다. 그 순간 저는 하느님의 말씀을 떠올렸습니다. 하느님은 제게 말씀하셨었지요. '인간의 내부에 무엇이 있는지 알게 될 것이다.'

저는 인간의 내부에 있는 것이 사랑임을 깨달았습니다. 하느님께서 내게 약속하신 일을 이렇게 보여 주시는구나, 하고 생각하니 저는 더할 수 없이 기뻤습니다. 그래서 싱긋 웃었던 것입니다. 그렇지만 전부를 알게 된 것은 아니었습니다. 인간에게 허락되지 않은 것은 무엇인가, 그리고 사람은 무엇으로 사는가에 대한 해

답을 저는 아직 구하지 못하고 있었습니다.

그날부터 두 분과 함께 지내기 시작해서 1년이란 세월이 흘렀습니다. 어느 날 한 사나이가 찾아와서 1년을 신어도 망가지거나 찢어지지 않을 장화를 주문했습니다. 그 사나이를 쳐다보는 순간 저는 그의 등뒤에 제 동료인 죽음의 천사가 서 있는 걸 알아보았습니다. 저 말고는 아무도 보지 못했지만 저는 그 천사를 알고 있었습니다. 그리고 사나이의 영혼이 해가 지기 전에 그의 몸을 떠나게 되리라는 사실도 알고 있었죠. 저는 생각했습니다.

'이 사나이는 1년을 신어도 망가지지 않을 신발을 원하지만 자신이 오늘 중으로 죽을 거라는 사실은 모르는구나.'

저는 '인간에게 허락되지 않은 것은 무엇인가?' 라는 하느님의 두 번째 말씀을 생각해냈습니다. 인간의 내부에 무엇이 있는지는 이미 알고 있었습니다. 그리고 이번에는 인간에게 허락되지 않은 것이 무엇인지를 깨달은 것입니다. 그것은 바로 자기에게 진정 필요한 것이 무엇인가를 아는 지혜였습니다. 옛 동료였던 천사를 만난 일도 기뻤지만, 무엇보다도 두 번째 말씀의 뜻을 깨닫게 된 것이 기뻐서 저는 다시 싱긋 웃었던 것입니다.

하지만 아직도 전부를 깨닫지는 못했습니다. 사람은 무엇으로 사는가를 저는 아직 알지 못하고 있었습니다. 그래서 저는 계속 이 댁에 머무르면서 하느님께서 마지막 말씀의 뜻을 깨닫게 해주시기를 기다리고 있었던 것입니다.

마침내 6년째 되는 오늘, 한 부인이 쌍둥이 여자아이를 데리고 가게를 찾아왔습니다. 그 아이들을 보았을 때, 저는 태어나자마자 어머니를 잃어버린 그 아이들이 무사히 잘 자라고 있다는 걸 알게 되었습니다. 저는 생각했습니다.

'아이들을 위해 그 어머니가 눈물을 흘리며 살려달라고 애원했을 때, 나는 그 여인의 말대로 아이들은 부모 없이 살아갈 수 없다고 생각했었다. 그러나 아이들과 아무 상관도 없는 여인이 그 애들을 맡아 잘 키우고 있지 않은가.'

그 부인이 남의 아이들로 인해 감격의 눈물을 흘리는 모습에서 저는 살아 계신 하느님을 발견했습니다. 또한 사람은 무엇으로 사는가에 대한 해답도 깨달았지요. 하느님께서 마지막 깨달음을 주심으로써 마침내 저를 용서해 주신 것을 알고 너무 기쁜 나머지 세 번째로 웃었던 것입니다."

12

이윽고 천사의 모습이 드러났는데, 전신이 눈부신 빛으로 에워싸여 똑바로 쳐다볼 수 없을 정도였다. 천사가 커다란 목소리로 말하기 시작했다. 스스로 말을 하는 것이 아니라 마치 하늘에서

소리가 울려오는 것 같았다.

"나는 이와 같은 일을 깨달았다. 모든 인간은 스스로를 걱정하는 마음으로써가 아니라, 사랑으로써 살아가는 것이다. 어머니에게는 자신의 아이들이 살아가는 데 무엇이 필요한지를 아는 힘이 주어지지 않았다. 부자 또한 자기에게 무엇이 필요한지 알지 못했다. 어떤 인간에게도 자기에게 필요한 것이 살아서 신을 장화인지, 죽은 뒤에 신을 슬리퍼인지 아는 것이 허락되지 않았다.

내가 인간이었을 때 무사히 살아갈 수 있었던 것은 나 자신이 내 일을 여러 가지로 걱정하고 염려했기 때문이 아니라 지나가던 행인과 그 아내에게 사랑이 있어 나를 가엾게 여기고 사랑해 주었기 때문이다. 두 고아들이 잘 자라온 것도 많은 사람들이 걱정하고 염려해 준 덕분이 아니라 한 여인에게 사랑의 마음이 있어 그들을 불쌍하게 생각하고 사랑해 주었기 때문이다. 모든 인간이 살아가고 있는 것은 각자 자신의 일을 염려하기 때문이 아니라 그들 가운데 사랑이 있기 때문이다.

나는 일찍이 하느님께서 인간에게 생명을 주시고 그들이 잘 살아가기를 바라고 계시다는 것을 알았지만, 이제 다시 한 가지를 깨달았다. 이는 곧 하느님께서 인간들이 뿔뿔이 흩어져 사는 것을 원치 않으신다는 것이다. 바로 그렇기 때문에 하느님께서는 인간 각자에게 무엇이 필요한가를 보여주지 않으시는 것이다. 그분은 인간들이 하나가 되어 살아가기를 원하시며, 그래서 자신과 모든 인간을 위해 진정으로 필요한 것이 무엇인지를 계시하신 것이다.

이제야말로 나는 깨달았다. 각자 자신을 걱정함으로써 살아갈 수 있다고 생각하는 것은 인간들의 착각일 뿐, 진실로 인간은 오직 사랑에 의해 살아가는 것이다. 마음에 사랑이 가득한 자는 하느님의 나라에 살고 있는 것이며, 하느님은 그 사람 안에 계신다. 왜냐하면 하느님은 사랑이시기 때문에."

말을 마치자 천사는 하느님을 찬양하는 노래를 부르기 시작했다. 웅장한 목소리가 울려퍼져 온 집안이 울리는 듯했다. 그때 천장이 갈라지고 땅에서 하늘까지 불기둥이 치솟았다. 세몬과 그의 아내와 아이들은 저도 모르게 땅바닥에 엎드렸다. 미하일의 등에 날개가 돋아나 활짝 펼쳐졌다. 천사는 하늘로 날아올라갔다. 이윽고 세몬이 정신을 차렸을 때는 집은 옛날 모습 그대로였고, 방 안에는 그의 가족 외에는 아무도 없었다.

바보 이반

♥

1

옛날 어느 나라에 부유한 농부가 살고 있었다. 그에게는 세 아들, 곧 군인인 세몬과 배불뚝이 따라스와 바보 이반, 그리고 귀머거리자 벙어리인 딸 말라냐가 있었다. 군인인 세몬은 임금님을 모시고 전쟁터에 나가고, 배불뚝이 따라스는 성 안의 상인에게 장사일을 배우러 갔으며, 바보 이반은 누이와 함께 남아 집안일을 돌보고 있었다.

세몬은 높은 벼슬과 많은 토지를 얻어 어느 귀족의 딸과 결혼했다. 보수도 넉넉하고 땅도 넓었지만 그는 늘상 쪼들렸다. 남편이 벌어들이기 바쁘게 사치가 심한 아내가 물 쓰듯 써 버리는 통에 돈이 남아나질 않았던 것이다. 그래서 하루는 세몬이 도지세를 거두러 소작인들을 찾아갔다. 그런데 관리인은 이렇게 말하는 것이었다.

"도지세가 나올 구멍이 있어야 말이죠. 저희들에게는 가축도 없고 밭을 갈 말도 소도 쟁기도 없습니다. 먼저 이런 것들이 갖추어져야 어디서 소득이 생기든 말든 하죠."

세몬은 아버지에게로 갔다.

"아버지는 부자면서 제게 아무것도 주시지 않았습니다. 갖고 계신 땅의 3분의 1만 나눠주십시오. 제 앞으로 이전할 수 있게 말입니다."

그러자 농부가 말했다.

"너는 뭐 집에 보태준 게 있느냐? 어째서 네게 땅을 3분의 1씩이나 줘야 한단 말이냐? 이반과 네 누이동생이 좋아하지 않을 게다."

세몬이 말했다.

"이반은 바보가 아닙니까? 말라냐도 귀머거리에다 벙어리고요. 그런 애들한테 무엇이 필요하겠습니까?"

그 말을 듣고 농부가 말했다.

"그럼 어디 이반의 얘기를 들어보자꾸나. 거기에 대해 뭐라고 말하는지."

이반의 대답은 간단했다.

"주시죠, 뭐."

세몬은 3분의 1의 땅을 얻어 제 앞으로 이전하고 다시 임금님을 섬기러 떠났다.

배불뚝이 따라스도 돈을 많이 모아 어느 상인의 딸에게 장가를 들었다. 그러나 그 역시 불만이 많았다. 그래서 하루는 아버지를 찾아와 말했다.

"제게도 땅을 주십시오."

농부는 이번에도 땅을 나눠주고 싶은 마음이 없었다.

"너는 가족을 위해 아무것도 한 일이 없다. 뿐만 아니라 지금 집에 있는 것은 모두 이반이 벌어들인 것이다. 그 애와 네 누이를 섭섭하게 할 수는 없다."

따라스가 말했다.

"저런 바보 녀석에게 무엇이 필요하다고 그러십니까? 저 녀석은 장가도 갈 수 없을 겁니다. 바보에게 시집오려는 처녀는 없을 테니까요. 벙어리 누이도 그렇죠. 도대체 그 애한테 뭐가 필요하겠습니까? 그렇잖니, 이반? 나한테 집에 있는 곡식 절반만 다오. 그리고 난 연장 따윈 필요 없으니 가축들 중에서 저 회색 수말이나 한 마리 갖겠다. 저런 말은 네가 밭일을 하는 데 도움이 되는 것도 아닐 테니까."

이반은 싱긋 웃으면서 말했다.

"가지세요. 나야 또 잡아오면 되니까."

이렇게 해서 따라스도 제 몫을 챙겼다. 따라스는 곡식을 장거리로 실어내고 말도 끌고갔다. 이반은 예나 다름없이 늙어빠진 암말 한 마리로 농사를 지어 부모를 봉양하며 살았다.

2

큰 도깨비는 이들 형제가 말다툼 한 번 하지 않고 의좋게 재산을 나누어 가진 것이 못마땅했다. 그래서 작은 도깨비 셋을 불러놓고 말했다.

"자, 봐라. 저기 인간 세상에 삼형제가 살고 있지. 세몬이란 군인과 배불뚝이 따라스, 그리고 이반이란 바보 녀석 말이다. 나는 저 녀석들이 물고 뜯고 싸우는 꼴을 보고 싶은데 저것들은 아주 사이좋게 지내고 있거든. 서로 너 먹어라 하면서 말이지. 저 이반이란 바보 녀석이 내 일을 깡그리 망쳐버린 거야. 그러니 이제부터 너희들 셋이 저 녀석들한테 달라붙어 무슨 수를 써서든 서로 싸움박질을 하도록 일을 꾸며보렴. 어떠냐, 할 수 있겠니?"

"할 수 있고말고요."

세 도깨비가 대답했다.

"그래, 어떻게 할 작정이지?"

“이러면 어떨까요? 먼저 저 녀석들을 땡전 한 닢 없는 가난뱅이로 만든 다음 셋을 한곳에 모으는 겁니다. 그러면 녀석들도 싸우지 않을 수 없을걸요.”

“그래, 됐다. 너희들은 각자 할 일을 알고 있는 것 같구나. 가거라. 그리고 저 녀석들의 사이를 떼어놓기 전에 돌아올 생각일랑 마라. 실패하는 날엔 네놈들의 가죽을 벗겨버릴 테니까.”

큰 도깨비가 말했다.

작은 도깨비들은 어느 늪 속으로 들어가 어떻게 일을 시작할 것인지에 대해 의논하기 시작했다. 서로 쉬운 일을 맡으려고 한참이나 옥신각신한 끝에 결국은 제비를 뽑기로 하고, 먼저 일을 끝낸 자가 동료를 도와주러 가기로 결정을 보았다. 도깨비들은 제비를 뽑고 나서 다시 모일 날짜를 정하고, 누가 누구를 도우러 갈 것인지는 그날 봐서 결정하기로 했다. 세 도깨비는 각자 맡은 일을 하기로 하고 헤어졌다.

마침내 그날이 되어 작은 도깨비들이 약속대로 늪에 모였다. 그리고 각자 자신이 맡은 일을 어떻게 처리했는지 설명하기 시작했다. 먼저 세몬에게서 돌아온 첫째 도깨비가 입을 열었다.

"내 일은 아주 잘 됐어. 세몬이란 녀석은 내일 중으로 틀림없이 제 아버지를 찾아가게 될 거야."

"그래, 어떻게 했는데?"

동료들이 입을 모아 물었다.

"난 말이야, 우선 그 녀석에게 용기를 잔뜩 불어넣어 주었지. 그랬더니 녀석은 제 임금님한테 세상에 있는 모든 나라를 정복해 보이겠노라고 큰소리를 치는 거야. 임금은 녀석을 대장으로 임명하여 인디아 왕을 치러 보냈지.

정벌에 나서려고 다들 모여 있는데, 바로 그날 밤 내가 녀석이 이끄는 군대의 화약을 모조리 물에 적셔놓은 거야. 그리고는 인디아 왕에게로 달려가서 지푸라기로 수많은 허수아비 군사들을 만들어 놓았지.

녀석의 군대는 사방팔방에서 몰려드는 지푸라기 군사들을 보고 바싹 얼어 버렸지. 세몬이 '쏘아랏!' 하고 명령을 내려봐야 대포든 총알이든 나가야 말이지. 사기가 떨어진 군사들은 앞을 다투어 줄행랑을 칠 수밖에. 마치 도망가는 양떼처럼 말이야. 인디아 왕은 '이때다!' 하고 그들을 쳐부수었지.

세몬이 싸움에 지고 돌아오자 임금은 녀석의 땅을 몰수하고 내일 녀석을 사형에 처하기로 했어. 이제 내겐 꼭 하루치 일감이 남아 있을 뿐이지. 집으로 도망칠 수 있도록 녀석을 감옥에서 꺼내놓는 일 말이야. 내일이면 모든 일이 깨끗이 끝장날 테니까 너희들 중에서 누가 내 도움이 필요한지 말해 보라구."

그러자 따라스에게서 돌아온 작은 도깨비가 말했다.

"나는 말이야, 도움 따윈 필요 없어. 내 일도 잘 돼나가고 있으니까. 따라스란 녀석도 이제 1주일 이상 버티지 못할 거야. 나는……."

도깨비는 말을 이었다.

"우선 녀석을 지독한 욕심쟁이로 만들었어. 그랬더니 녀석은 남의 재산까지 탐을 내어 무엇이든 눈에 띄는 대로 갖고 싶어 미칠 지경이 됐지. 그래서 가진 돈을 탈탈 털어 닥치는 대로 사들였어. 그것도 모자라 지금도 여전히 사들이고 있는 중이야. 여기저기 빚까지 져가면서 말이지. 이젠 긁어들인 것들을 어떻게 처리

해야 할지 몰라 쩔쩔 매고 있는 중이야. 1주일 후면 빚을 갚아야 하는데 나는 그 안에 녀석의 물건들을 모조리 거름으로 만들어 버릴 작정이지. 그러면 녀석은 빚을 갚지 못하고 결국 제 애비한테로 달려가게 될 거야."

두 도깨비는 이반에게서 돌아온 도깨비를 재촉했다.

"네 일은 어떻게 돼가고 있지?"

"실은 그게 잘 풀리질 않아. 나는……."

세 번째 도깨비가 말했다.

"우선 녀석이 크바스를 담는 오지항아리 속에다 침을 잔뜩 뱉아 놓았어. 배탈이 나게 할 요량으로 말이야. 그리고는 녀석의 밭으로 달려가 땅바닥을 돌처럼 단단하게 만들어 놓았지. 이쯤 되면 녀석도 밭을 갈지 못하려니 생각했는데, 웬걸, 녀석은 쟁기를 가지고 나와 밭을 갈아젖히기 시작하는 거야. 배가 아파 끙끙 앓으면서도 쉬지 않고 갈아댔지. 그래서 나는 녀석의 쟁기를 부숴뜨려 버렸어. 그랬더니 녀석은 집으로 돌아가 새 보습으로 갈아끼우고는 다시 갈기 시작하는 거야. 그래서 땅 밑으로 기어들어가 보습을 붙들어 보려 했는데 도무지 붙잡혀야 말이지. 녀석은 쟁기를 눌러 대고, 날은 날카롭고, 결국 손만 베이고 말았어. 녀석은 밭을 다 갈아 버리고 이제 겨우 한 고랑을 남겨 놓았어. 그러니, 여보게들."

도깨비는 말을 이었다.

"제발 와서 도와주게나. 녀석을 해치우지 못하면 우리 일이 모두 허사가 되고 말 테니까 말이야. 그 바보가 집에 남아 농사를 짓는 한 녀석들은 별 곤란을 받지 않을 거야. 그 바보 녀석이 제 형들을 돌봐줄 테니까."

3

이반은 묵혀 두었던 밭을 다 갈고 이제 겨우 한 고랑을 남겨 놓았을 뿐이었다. 그는 밭을 마저 갈려고 말을 타고 나왔다. 참을 수 없이 배가 아팠으나 기어이 밭을 마저 갈아 버릴 작정이었다. 그는 고삐를 툭 쳐서 쟁기를 돌린 다음 밭을 갈기 시작했다. 고랑 끝까지 갔다가 되돌아오려는데 마치 나무뿌리에 걸린 것처럼 쟁기가 잘 나가질 않았다. 작은 도깨비가 두 발로 보습 끝을 잡아당기고 있었기 때문이었다. 이반은 생각했다.

'이상한 일도 다 있군. 이곳에 나무뿌리 같은 건 없었는데. 그래도 역시 나무뿌리겠지.'

이반은 땅 속에 손을 집어넣었다. 그러자 뭔가 뭉클한 것이 손에 닿았다. 그는 그것을 움켜잡아 밖으로 끌어냈다. 그것은 나무뿌리같이 생긴 새까만 것이었는데, 자세히 보니 살아 있는 도깨비였다.

"아니, 이게 뭐야, 뭐 이따위 빌어먹을 것이 있어!"

이반은 도깨비를 번쩍 쳐들고 단숨에 내리쳐 박살을 내려 했다. 그러자 도깨비가 죽는시늉을 하면서 말했다.

"제발 살려 주십쇼. 대신 무엇이든 원하시는 대로 해드리겠습니다."

"그래, 뭘 해주겠다는 거냐?"

"무엇이든 말씀만 하시면……."

이반은 머리를 긁적거렸다.

"실은 배가 몹시 아픈데 말이야, 낫게 할 수 있겠냐?"

"할 수 있고말고요."

"그럼 어디, 낫게 해보렴."

도깨비는 고랑 위에 몸을 구부리고 손톱으로 여기저기 뒤져가며 무엇인가를 찾더니 이윽고 줄기가 셋 달린 작은 풀뿌리를 뽑아 이반에게 건넸다.

"여기 있습니다. 이것 한 줄기면 세상의 어떤 병이라도 낫게 할 수 있습니다."

이반은 줄기 하나를 잘라서 삼켰다. 그러자 복통이 씻은 듯이 가셨다. 도깨비는 다시 사정하기 시작했다.

"이제 놔주십쇼. 땅 속으로 들어가 다시는 나오지 않겠습니다."

"그래, 잘 가거라!"

이반이 말했다. 그 말이 끝나기도 전에 도깨비는 물 속에 던져진 돌처럼 땅 속으로 모습을 감추고 그 자리엔 구멍만 하나 남았을 뿐이었다. 이반은 남은 줄기를 모자 속에 쑤셔 넣고 다시 밭을 갈기 시작했다. 그리고 남은 고랑을 마저 갈고는 쟁기를 엎고 집으로 돌아왔다.

말을 풀어놓고 집 안으로 들어가 보니 맏형인 세몬이 아내와 함께 앉아 저녁을 먹고 있었다. 그는 땅을 몰수당한 뒤 가까스로 감옥에서 도망쳐 나와 아버지한테 얹혀 살 요량으로 달려온 것이었다. 그는 이반을 보자 말했다.

"너한테 신세 좀 지려고 왔다. 나하고 집사람을 먹여다오 새 일

자리가 나설 때까지만."

"그렇게 하시죠, 뭐. 여기서 사세요."

이반은 흔쾌하게 말하고 자리에 앉았다. 세몬의 아내는 이반에게서 나는 냄새 때문에 기분이 상했다. 그래서 남편에게 말했다.

"정말 못 참겠어요. 저렇게 고약한 냄새를 풍기는 무지렁이하고 밥을 함께 먹는 것 말이에요."

그러자 세몬이 말했다.

"집사람이 너한테서 나는 냄새가 싫다는구나. 그러니 문간에서 먹을 수 없겠니?"

"그렇게 하죠, 뭐. 그러잖아도 밤일을 하러 나가봐야 하니까요. 말 먹이도 줘야 하고."

이반은 빵과 웃옷을 집어들고 밤일을 하러 나갔다.

4

세몬을 맡았던 도깨비는 그날 밤 안에 일을 마치고 약속대로 바보를 골려주기 위해 이반을 맡은 도깨비를 찾아왔다. 밭에 나가 여기저기 찾아 헤맸으나 동료의 모습은 보이지 않고 다만 구멍이 하나 뚫려 있는 것을 발견했을 뿐이었다. 도깨비는 생각했다.

'이거 아무래도 뭔가 좋지 않은 일이 생긴 모양이군. 그렇다면 내가 대신하는 수밖에. 밭은 다 갈았으니까. 이번에는 풀밭에 가서 기다렸다가 그 바보 녀석을 혼내줘야지.'

도깨비는 목장으로 달려가 이반의 풀밭에 큰물이 지게 했다. 풀밭은 온통 진흙바닥이 되고 말았다.

이반은 밤새 가축을 지키다가 새벽녘에 돌아와 큰 낫을 들고 풀을 베러 나갔다. 풀밭에 도착하자 그는 낫을 들고 풀을 베기 시작했다. 그러나 낫을 한두 번 휘두르기만 해도 날이 무디어져 도무지 일을 할 수가 없었다.

"안 되겠군. 집에 가서 숫돌을 가져와야겠어. 가는 김에 빵도 가져와야지. 1주일이 걸리더라도 다 베기 전에는 이곳을 떠나지 않을 테다."

도깨비는 이 말을 듣고 생각했다.

'제기랄, 이 녀석은 정말 바보로군. 이래서는 안 되겠다. 뭔가 다른 수를 써야지.'

이반은 돌아와 낫을 갈고 풀을 베기 시작했다. 도깨비는 풀 속에 숨어들어가 낫공치를 붙잡고 날을 흙 속에 처박아댔다. 이반은 몹시 힘이 들었다. 그래도 가까스로 다 베고 이제 늪에 있는 한 다랑이만 남았다. 도깨비는 늪 속으로 기어들어가면서 생각했다.

'이번엔 손가락을 잘리는 한이 있더라도 베지 못하게 할 테다.'

이반은 늪으로 왔다. 보기에는 풀이 그다지 억셀 것 같지 않은

데 어찌된 일인지 낫이 말을 듣지 않았다. 이반은 약이 올라 있는 힘을 다해 낫을 휘두르기 시작했다. 도깨비는 도저히 배겨낼 수가 없었다. 휘둘러 대는 낫을 피할 겨를이 없었던 것이다. 일이 글러 버렸구나 생각하고 도깨비는 덤불 속으로 몸을 숨겼다. 이반은 낫을 마구 휘둘러 덤불을 치면서 도깨비의 꼬리를 절반이나 잘라 버렸다. 풀을 다 베자 그는 누이에게 그것을 걷어 모으라고 이르고 이번에는 라이보리를 베러 갔다.

갈고랑 낫을 가지고 보리밭에 가보니 보리가 마구 흐트러져 있었다. 꼬리 잘린 도깨비가 어느새 그곳에 와서 보리를 마구 흩어 놓았던 것이다. 갈고랑 낫으로는 베어질 것 같지 않았으므로 이반은 집으로 돌아가 보통 낫을 가지고 와서 베기 시작했다. 그리하여 이내 다 베어 버렸다.

"이번엔 귀리를 베어야지."

이반이 말했다. 도깨비는 그 말을 듣고 생각했다.

'이번에야말로 혼쭐을 내줄 테다. 어디, 내일 아침에 두고 보자.'

이튿날 아침 도깨비가 귀리밭으로 달려가 보니 귀리는 벌써 다 베어져 있었다. 낟알을 한 톨이라도 적게 떨어지게 하려고 이반이 밤새 말끔히 베어 놓았던 것이다. 도깨비는 약이 바짝 올랐다.

'이런 바보 녀석! 어젠 내 꼬리를 잘라놓더니 또 이렇게 나를 괴롭히는군. 전쟁에 나가도 이렇게 힘들지는 않겠다. 어떻게 된 놈이 밤에도 잠을 자지 않으니 당해낼 도리가 있나. 하지만 이번

에야말로 내가 저놈의 보리 낟가리 속에 기어들어가 몽땅 썩게 하고 말 테니까.'

도깨비는 보리 낟가리가 있는 데로 가서 다발 사이로 기어들어가 썩히기 시작했다. 그런데 보릿단을 띄우고 있노라니 제 몸도 따뜻해져 그만 깜빡 잠이 들고 말았다. 이때 이반이 암말을 수레에 매어 누이와 함께 보릿단을 나르러 왔다. 두 사람은 낟가리 옆으로 와서 보릿단을 수레에 싣기 시작했다. 두어 단 던져올리고 꾹꾹 다지는데 공교롭게도 도깨비의 등짝 한복판을 내리누르게 되었다. 감촉이 이상해 보릿단을 쳐들고 보니 꼬리 잘린 도깨비가 갈퀴 끝에 매달려 버둥거리고 있었다.

"아니, 요놈 보게. 뭐 이런 못된 놈이 있어! 다신 안 나온다더니 또 나왔구나?"

"아닙니다. 제가 아니에요. 지난번에는 제 동료였습니다. 저는 당신의 형님이신 세몬 나리한테 가 있었고요."

"어떤 놈이든 똑같이 혼을 내줘야겠다!"

이반이 도깨비를 쳐들어 단번에 박살을 내려 하자 도깨비는 사정하기 시작했다.

"한 번만 용서해 주세요. 다시는 나오지 않겠습니다. 놓아주시기만 하면 당신이 원하시는 것은 무엇이든 해드리겠습니다."

"그래? 무얼 할 수 있는데?"

"저는 무엇을 가지고라도 군사를 만들어낼 수 있습니다."

"그까짓 군사를 만들어 뭣에 쓰게?"

"군사들은 당신이 원하시는 것이면 무엇이든 해드릴 겁니다."

"노래도 부를 수 있단 말이냐?"

"부를 수 있고말고요."

"그럼 어디 한 번 만들어보렴."

그러자 도깨비가 말했다.

"이 보릿단을 한 단 들어 땅바닥 위에 반듯이 세워놓고 흔들면서 이렇게 말하기만 하면 됩니다. '내 종의 명령이다. 다발이 아니라 보릿짚 수만큼 군사가 되어라'."

이반은 보릿단을 들어 땅바닥에 세우고 흔들면서 도깨비가 일러준 대로 말했다. 그러자 보릿단이 흩어져 수많은 군사로 변하더니 고수와 나팔수가 앞장서서 북을 치고 나팔을 불었다. 이반은 웃음을 터뜨렸다.

"네놈 솜씨가 정말 여간이 아니구나! 여자들이 보면 아주 좋아하겠는걸."

"이제 절 놓아주세요."

도깨비가 말했다.

"아니야, 보릿단으로 군사를 만들면 곡식을 버리게 되니까 어떻게 해야 원래대로 되돌려놓을 수 있는지도 가르쳐줘야지."

"그건 이렇게 말씀하시면 됩니다. '군사의 수만큼 보릿짚이 되어라. 그리고 다시 다발이 되어라. 내 종의 명령이다'."

이반이 그대로 말하자 군사들은 다시 보릿단이 되었다. 도깨비는 다시 사정했다.

"이제 절 놔주세요."

이반은 도깨비를 땅에 내려놓고 갈퀴에서 빼주었다.

"잘 가거라."

이반이 말했다. 그 말이 채 끝나기도 전에 도깨비는 물 속에 던져진 돌처럼 땅 속으로 기어들어가 버리고, 그 자리엔 구멍 하나만 남았을 뿐이었다.

이반은 집으로 돌아왔다. 집에는 둘째형 따라스가 아내와 함께 와서 밥을 먹고 있었다. 배불뚝이 따라스는 빚을 갚을 수 없게 되자 아버지한테로 도망쳐 온 것이었다. 그는 이반을 보고 말했다.

"이반, 내가 다시 장사를 시작할 때까지 집사람하고 나를 먹여 살려 주어야겠다."

"그렇게 하시죠, 뭐. 여기 계세요."

이반이 말했다. 그는 웃옷을 벗고 식탁 앞에 앉았다. 그러자 따라스의 아내가 말했다.

"나는 저런 바보하고 같이 밥을 먹을 수 없어요! 냄새가 얼마나 고약한지, 원!"

그러자 따라스가 말했다.

"냄새가 고약하긴 하구나. 이반, 너는 저기 저 문간에 가서 먹으렴."

"그렇게 하죠, 뭐."

이반이 말했다. 그리곤 제 몫의 빵을 들고 밖으로 나갔다.

"마침 밤일을 나가야 할 시간이거든요. 말에게도 먹이를 줘야 하고."

5

세 번째 도깨비는 그날 밤 일이 끝나자 약속대로 동료를 거들어 이반을 곯려주기 위해 따라스한테서 왔다. 밭에 나가 이리저리 찾아보았으나 동료들의 모습은 보이지 않고 다만 구멍 하나를 발견했을 뿐이었다. 그래서 풀밭으로 갔다가 늪에서 잘린 꼬리를 발견했다. 그리고 라이보리를 베어낸 밭에서도 또 하나의 구멍을 발견했다.

'아무래도 동료들한테 뭔가 심상찮은 일이 생긴 모양이군. 그렇다면 내가 대신 그 바보 녀석을 혼내주는 수밖에.'

도깨비는 이반을 찾으러 타작마당으로 갔다. 그러나 이반은 벌써 들일을 마치고 숲에서 나뭇가지를 치고 있었다. 이반과 한 집에 사는 것을 옹색하게 느낀 형들이 자기네가 살 집을 지어달라고 해서 집 지을 나무를 베러 간 것이었다. 도깨비는 숲으로 달려가 나뭇가지 위로 기어올라갔다. 그리고 이반이 나무 베는 것을 훼방놓기 시작했다.

이반은 되도록이면 걸리적거리는 것이 없는 방향으로 쓰러뜨리려고 먼저 밑동을 쳐놓고 나무를 밀었으나 이상하게도 나무는 엉뚱한 방향으로 쓰러져 부근의 나뭇가지에 걸렸다. 이반은 지렛대를 만들어 이리저리 방향을 틀어가면서 겨우 나무 하나를 쓰러뜨렸다.

그는 다른 나무를 베기 시작했다. 그런데 이번도 역시 마찬가지였다. 있는 힘을 다해 가까스로 나무를 쓰러뜨린 다음 그는 세 번째 나무에 매달렸다. 그러나 세 번째 나무도 마찬가지였다. 일을 시작할 때는 50그루쯤 베어 눕힐 작정이었으나 채 열 그루도 베기 전에 해가 넘어가기 시작하고, 이반은 지칠 대로 지쳐 버렸다.

그의 몸에서 김이 무럭무럭 피어올라 마치 숲 속에 안개가 낀

것 같았다. 그래도 그는 일손을 멈추지 않았다. 그는 또 한 그루의 나무를 베어넘겼다. 그러고 나자 등짝이 지끈지끈 쑤시면서 온 몸의 힘이 빠져나갔다. 이반은 잠시 쉬었다 할 양으로 도끼를 나무등걸에 박아놓고 땅바닥에 주저앉았다. 도깨비는 이반이 잠잠해진 것을 보고 쾌재를 불렀다.

'마침내 나가떨어진 게로군. 나도 이제 좀 쉬어볼까.'

도깨비는 나뭇가지에 올라앉아 고소해 하고 있었다. 그런데 이반이 벌떡 일어나 도끼를 쳐들더니 반대편에서 나무를 내리쳤다. 나무는 우지직하고 빠개지면서 옆으로 쓰러졌다. 도깨비는 워낙 갑작스럽게 당한 일이라 미처 피할 겨를도 없이 꺾인 나뭇가지 틈에 발을 끼이고 말았다. 이반은 깜짝 놀랐다.

"요런 고약한 놈 같으니! 또 나왔잖아?"

"제가 아니에요. 저는 당신의 형님이신 따라스 나리한테서 오는 길입니다."

도깨비가 말했다.

"네가 어떤 놈이건 내가 할 일은 마찬가지다."

이반은 도끼를 번쩍 쳐들어 도끼등으로 도깨비를 내리치려 했다. 도깨비는 죽는시늉을 하며 사정했다.

"제발 치지 마세요. 원하시는 건 뭐든 해드리겠습니다."

"그래, 무얼 할 수 있는데?"

"당신이 원하시는 만큼 돈을 만들어 드릴 수 있습니다."

"그럼 어디 한 번 만들어 보렴."

이반이 말하자 도깨비는 설명했다.

"이 떡갈나무 잎사귀를 들고 두 손으로 비벼 보세요. 금화가 땅바닥에 떨어질 테니."

이반은 나뭇잎을 들고 비벼 보았다. 그러자 누런 금화가 우수수 떨어졌다.

"거 좋겠는걸, 어린애들이 가지고 놀기엔."

"이제 놔주세요."

도깨비가 말했다.

"그래, 놔주지."

이반은 지렛대로 나무를 들어 도깨비를 빼내 주었다.

"잘 가거라."

이반이 말했다. 도깨비는 그 말이 떨어지기도 전에 물 속에 던져진 돌처럼 땅 속으로 자취를 감추고 그 자리엔 구멍 하나만 남았을 뿐이었다.

6

형제들은 각자 집을 지어 따로따로 살기 시작했다. 이반은 들일이 끝나자 음식을 장만해서 형들을 초대했다. 그러나 형들은 오지 않았다.

"농부들의 잔치에는 가본 적이 없어서 말이야."

형들이 말했다.

이반이 이웃 농부들과 아낙네들을 청해 잔치를 베풀고 자신도 먹고 마셨다. 거나하게 술기운이 오르자 그는 춤판이 벌어지고 있는 한길로 나갔다. 그리고는 춤판으로 다가가 여자들에게 자신을 칭찬해 달라고 말했다.

"그러면 여러분이 아직 한 번도 구경해 보지 못한 것을 줄 테니까."

여자들은 웃음을 터뜨리며 그를 칭찬해 주었다.

"자, 이제 줘봐요."

여자들이 말했다.

"금방 가져오지."

이반은 씨앗 상자를 들고 숲 쪽으로 뛰어갔다.

"어머, 저 바보 좀 보게!"

여자들은 이반을 비웃었다. 그리고 그의 일은 곧 잊어버렸다. 그런데 잠시 후 이반이 무엇인가를 가득 채운 씨앗 상자를 들고 돌아왔다.

"어때, 나누어줄까?"

"어디, 줘봐요."

이반은 금화를 한 줌 쥐어 여자들에게 던져 주었다. 갑자기 한바탕 소란이 일어났다. 금화를 주우려고 여자들이 마구 몰려들었다. 농부들도 앞다투어 달려왔다. 서로 금화를 주우려고 난리를 치는 통에 하마터면 노파 하나가 깔려 죽을 뻔했다. 이반은 껄껄 웃어댔다.

"싸우지 말아요, 여기 더 있으니까."

이반은 다시 금화를 흩뿌리기 시작했다. 사람들이 떼지어 몰려왔다. 이반은 상자에 있는 것을 모두 뿌려 버렸다. 그래도 사람들은 더 달라고 아우성을 쳤다. 그러자 이반이 말했다.

"이제 다 털어 버렸어. 다음에 또 주지. 자, 이젠 춤을 추어 볼까? 어디 좋은 노래를 불러봐."

여자들이 노래를 부르기 시작했다.

"당신네 노래는 재미가 없는데."

이반이 말했다.

"자, 그럼 내가 보여주지."

그는 헛간으로 가서 보릿단 하나를 들어내어 낟알을 떨어낸 다음 반듯이 세워놓고 흔들면서 말했다.

"내 종의 명령이다. 다발이 아니라 보릿짚 수만큼 군사가 되어라."

그러자 보릿단이 흩어져 군사들로 변하더니 북과 나팔을 내어 연주하기 시작했다. 이반은 군사들에게 노래를 부르라 이르고 그들과 함께 한길로 나갔다. 사람들은 눈이 휘둥그레졌다. 군사들은 계속 노래를 불렀다. 이윽고 이반은 누구도 자기를 따라와서는 안 된다고 일러놓고 군사들을 도로 헛간으로 데리고 갔다. 그리고 그들을 원래대로 짚단으로 만들어 건초더미 위에 던진 다음 집으로 돌아와 잠자리에 들었다.

7

이튿날 아침 세몬이 소문을 듣고 이반을 찾아왔다.

"나한테 모두 얘기해라. 도대체 너는 그 군사들을 어디서 데려왔다가 어디로 데려간 거지?"

"그걸 알아 무얼 하시려고요?"

"무얼 하려느냐고? 군사만 있으면 뭐든지 다 할 수 있어. 나라를 얻을 수도 있단 말이다."

이반은 깜짝 놀랐다.

"그럼 왜 진작 말씀하시지 않았습니까? 군사라면 얼마든지 만들어 드릴 수 있습니다. 마침 누이와 둘이서 보릿단을 잔뜩 장만해 놓았으니까요."

이반은 형을 헛간으로 데리고 가더니 이렇게 말했다.

"군사는 원하시는 대로 만들어 드리죠. 하지만 꼭 데리고 가셔야 합니다. 만일 그냥 두고 떠나 버리면 하루도 못 가서 그들이 마을을 통째로 털어먹어 버릴 테니까요."

세몬은 틀림없이 군사를 다 데리고 가겠다고 약속했다. 그러자 이반은 군사를 만들기 시작했다. 보릿단을 들어 타작마당에 내리치자 1개 중대의 군사가 되었다. 또 한 단을 내리치자 다시 한 중대의 군사가 만들어졌다. 그리하여 이반은 온 들판을 가득 채울 수 있을 만큼의 군사들을 만들어냈다.

"어떻습니까? 이만하면 됐나요?"

세몬은 기뻐 어쩔 줄 몰라 하며 말했다.

"됐다, 이만하면 충분해. 정말 고맙구나, 이반."

"뭘요. 더 필요하시면 언제라도 말씀하세요. 얼마든지 더 만들어 드릴 테니까. 요즘은 보릿짚이 흔하거든요."

세몬은 곧 군사들을 지휘하여 대오를 갖춘 다음 전쟁터로 떠났다.

세몬이 떠나자마자 이번에는 배불뚝이 따라스가 찾아왔다. 그도 어제의 일을 알고 있었던 것이다. 그는 이반에게 간청했다.

"숨기지 말고 말해 다오. 너는 어디서 금화를 얻었지? 만일 내게 그만한 돈이 있다면 온 세상의 돈을 긁어모을 수 있으련만."

이반은 깜짝 놀랐다.

"그러세요? 아, 그렇다면 진작 말씀을 하시지 않고요. 형님께서 원하시는 만큼 만들어 드리겠습니다."

형은 매우 기뻐했다.

"나는 씨앗 상자로 세 상자만 있으면 된다만."

"그러죠, 뭐."

이반이 말했다.

"숲으로 가십시다. 그런데 말을 끌고 가야 할 걸요. 날라 오기가 힘들 테니까요."

두 형제는 숲으로 갔다. 이반은 떡갈나무 잎을 따서 비비기 시작했다. 그러자 금화가 수북하게 떨어져 쌓였다.

"어떻습니까, 이만하면?"

따라스는 기뻐 어쩔 줄을 몰라 했다.

"이 정도면 충분하다. 고맙구나, 이반."

"뭘요. 더 필요하시면 언제라도 오세요. 얼마든지 만들어드리죠. 나뭇잎은 얼마든지 있으니까."

배불뚝이 따라스는 말 잔등에 금화를 가득 싣고 장사를 하러 떠났다.

이렇게 하여 두 형들은 떠났다. 세몬은 전쟁터로 나가고, 따라스는 장사를 시작했다. 군인인 세몬은 두 나라를 정복하고 배불뚝이 따라스는 큰돈을 벌었다.

어느 날 이들 형제가 한자리에서 만났다. 두 사람은 그 동안의 일을 숨김없이 털어놓았다. 세몬은 어디서 군대를 얻었는지, 그리고 따라스는 어디서 돈이 났는지에 대해 서로 이야기했다. 군인인 세몬이 아우에게 말했다.

"나는 나라를 얻어 잘 지내고 있기는 한데, 단지 돈이 부족하단 말이야. 군대를 먹여 살릴 돈 말이야."

배불뚝이 따라스가 말했다.

"제 경우를 말하자면 그 동안 돈은 어지간히 모았는데 그걸 지킬 사람이 없는 게 골칫거리예요."

그러자 세몬이 말했다.

"이럴 게 아니라 우리 이반을 찾아가 보자꾸나. 나는 그 녀석에게 군대를 더 만들게 해서 네게 줄 테니까, 너는 그들을 먹여 살릴 돈을 나에게 만들어주도록 녀석에게 말하란 말이야."

이리하여 형제는 이반에게로 갔다. 이반의 집에 도착하자 세몬이 말했다.

"이반, 아무래도 군사가 좀 모자라는구나. 나에게 군사를 더 만들어 다오. 한 두어 단만이라도 좋으니까."

이반은 고개를 저었다.

"안 돼요. 형님에겐 더 이상 군사를 만들어 드리지 않겠습니다."

"왜 그러는 거냐? 필요할 때 언제든지 만들어 주겠다고 지난번에 약속하지 않았니?"

"그랬죠. 하지만 이제 더는 만들지 않겠습니다."

"도대체 왜 만들지 않겠다는 거냐, 이 바보 녀석아!"

"왜냐하면, 형님의 군사가 사람을 죽였기 때문이에요. 이즈막의 일인데, 제가 길가의 밭을 갈고 있으려니 한 부인이 관을 메고 가면서 통곡을 하는 거예요. 그래서 누가 돌아가셨느냐고 물어보았더니 그 부인이 대답하더군요. '세몬의 군사가 전쟁에서 내 남편을 죽여 버렸다오' 하고 말이에요. 군대란 노래만 부르는 것인 줄 알았는데, 글쎄, 사람을 죽였다잖아요. 그래서 이제 더는 군사를 만들지 않기로 결심했어요."

이렇게 말하면서 이반은 더 이상 군사를 만들지 않았다.

배불뚝이 따라스도 이반에게 금화를 더 만들어 달라고 졸랐다. 그러나 이반은 역시 고개를 저었다.

"안 돼요. 이제 더는 금화를 만들지 않기로 했습니다."

"어째서? 필요하면 얼마든지 더 만들어 주겠다고 했잖니?"

"그랬죠. 하지만 이제 더는 만들지 않겠어요."

"어째서 만들지 않겠다는 거냐, 이 바보 녀석아!"

"왜냐하면 형님의 금화가 미하일로브나의 암소를 빼앗아 갔기 때문이죠."

"어떻게 빼앗겼다던?"

"미하일로브나에게 암소가 한 마리 있어 아이들이 그 우유를 마셨대요. 그런데 며칠 전에 그 아이들이 저를 찾아와 우유를 달라고 졸라대는 거예요. 그래서 제가 아이들에게 물어보았죠. '너희 암소는 어디 갔지?' 하고요. 그랬더니 끌려가 버렸다는 거예요. '누가 끌고 갔는데?' 하고 물었더니 '따라스의 관리인이 찾아와 엄마에게 금화 세 닢을 주자 엄마가 그 사람에게 암소를 줘 버렸어요. 이제 우리는 우유를 마실 수도 없게 됐어요.' 라고 대답했죠. 저는 형님이 금화를 그저 노리갯감 삼아 가져가신 줄 알았는데 어린아이들한테서 암소를 빼앗아 가버렸더군요. 형님에겐 이제 절대로 금화를 만들어 드리지 않겠습니다."

이반은 좀처럼 고집을 꺾지 않았다. 그래서 두 형들은 헛걸음을 하고 돌아가는 수밖에 없었다. 가는 길에 그들은 어떤 방법으로 서로의 어려움을 도울 수 있을 것인지에 대해 의논했다. 세몬이 말했다.

"이러면 어떨까? 너는 나에게 군대를 먹여 살릴 돈을 주고 나는 너에게 군대의 반을 주는 거야. 네 재산을 지키도록 말이야."

따라스도 동의했다. 형제는 가지고 있는 것을 나누어 둘 다 임금이 되고 부자가 되었다.

8

이반은 여전히 자기 집에서 부모를 모시고 벙어리 누이동생과 함께 농사를 지으며 살았다.

그런데 하루는 이런 일이 있었다. 이반네 집의 늙은 개가 병이 들어 죽게 되었다. 이반은 그것을 가엾게 여기고 벙어리 누이에게서 빵을 얻어 모자에 담아 가지고 개에게로 가서 던져 주었다. 그런데 모자에 구멍이 뚫려 있어 빵과 함께 조그만 줄기 하나가 땅에 떨어졌다. 늙은 개는 빵과 함께 그것을 날름 주워 먹었다. 그 줄기를 먹자마자 개는 갑자기 힘차게 뛰어오르고 큰 소리로 짖어 대며 꼬리를 흔들었다. 병이 말끔히 나은 것이었다.

그의 부모는 그것을 보고 깜짝 놀랐다.

"대체 무엇으로 개를 낫게 했느냐?"

그러자 이반이 말했다.

"제게 어떤 병이든 고칠 수 있는 풀뿌리 두 줄기가 있었는데 그 중 하나를 이 개가 먹은 거예요."

바로 그 무렵, 임금님의 딸이 병을 얻어 앓아눕게 되었다. 임금님은 나라 안 방방곡곡에 누구든지 공주의 병을 고치는 자에게는 큰 상을 내릴 것이며, 원한다면 공주를 그의 아내로 주겠다는 내용의 방을 붙였다. 이반의 마을에도 이 방이 나붙었다. 이반의 부모는 아들을 불러 말했다.

"너도 임금님이 붙인 방에 대해서 들었겠지? 네게 무슨 병이든 고칠 수 있는 풀뿌리가 있다니, 가서 공주님의 병을 고쳐보지 않으련? 공주님을 낫게 할 수만 있다면 너는 평생 영화를 누리게 될 것 아니냐."

"그럼 가보죠, 뭐."

이반이 말했다. 그는 곧 길 떠날 채비를 했다. 그의 부모가 이반에게 나들이옷을 입혀 주었다. 이반은 집을 나서다가 문간에 손이 굽은 여자 거지가 서 있는 것을 보았다.

"소문에 듣자니 당신은 어떤 병이든 고칠 수 있다면서요? 그렇다면 부디 내 손도 좀 고쳐 주시구랴. 이 손을 해가지고는 혼자서 신발을 신을 수도 없다오."

"그러지, 뭐."

이반은 풀뿌리를 꺼내 거지에게 주었다. 거지는 그것을 받아 삼켰다. 그러자 갑자기 병이 나아 그 자리에서 손을 쓸 수 있게 되었다. 부모는 이반을 임금에게 데려가려 했다가 이반이 하나뿐인 풀뿌리를 거지에게 주어 공주의 병을 고칠 수 없게 되었음을 알고 노발대발해서 욕설을 퍼붓기 시작했다.

"이 얼빠진 놈아! 그래, 거지 따윈 가엾고 공주님은 가엾지 않단 말이냐!"

그러자 이반은 공주도 가엾게 생각되었다. 그래서 수레에 말을 매고 짚을 얹은 다음 그 위에 올라앉아 부랴부랴 떠나려 했다.

"도대체 어딜 가려는 거냐, 이 바보 녀석아!"

"그야 물론 공주님 병을 고쳐 드리러 가는 거죠."

"풀뿌리도 없는데 무엇으로 고쳐?"

"걱정하실 것 없어요."

이반은 이렇게 말하고 궁궐을 향해 말을 몰았다. 이반이 궁궐에 도착해서 문 앞에 내려서자마자 공주의 병이 나아버렸다. 임금님은 크게 기뻐하며 신하에게 이반을 불러들이라 이르고 훌륭한 옷을 내려주었다.

"이제부터 그대는 나의 사위로다."

임금님이 말했다.

"네, 황공하옵니다."

이반은 공주와 결혼했다. 임금님이 오래지 않아 세상을 떠났으므로 이반이 임금자리에 올랐다. 이리하여 세 형제가 모두 임금이 되었다.

9

삼형제는 각기 나름대로 나라를 다스리고 있었다.

맏형인 세몬은 그야말로 풍족하게 살고 있었다. 그는 짚으로 만든 군대를 바탕 삼아 진짜 군사를 모집했다. 그는 온 나라에다 열 집에 한 명씩 군사를 내되 그 군사는 키가 크고 살결이 희며 얼굴이 깨끗해야 한다는 명령을 내렸다. 그는 이런 군사를 잔뜩 모집하여 잘 훈련시켜 놓았다. 그리고 누구든 그에게 복종하지 않는 자가 있으면 군대를 보내 진압했다. 그리하여 모든 사람들이 그를 두려워하게 되었다.

그의 생활은 참으로 호화스러웠다. 그의 머리에 떠오르거나 눈에 띄는 모든 것은 당장 그의 소유가 되었다. 군대만 풀어놓으면 그가 원하는 것은 무엇이든 빼앗아 오거나 끌어왔기 때문이었다.

따라스의 생활 역시 호화롭기 그지없었다. 그는 이반에게서 얻은 돈을 낭비하지 않고 그것을 밑천 삼아 큰 재산을 모았다. 그도 자기 나라에 그럴듯한 법을 만들어 놓았다. 그는 자기 돈은 금고에 넣어두고 백성들한테서 돈을 울궈 냈는데, 인두세, 통행세, 거마세에다 짚신세, 각반세, 옷끈세까지 만들어 세금을 뜯어냈다. 그에게는 없는 것이 없었다. 백성들은 돈이 필요했기 때문에 돈될 만한 것은 무엇이든 그에게 가져왔고, 이도 저도 없는 사람은

일을 해서 세금을 때우기도 했다.

바보 이반의 생활도 나쁘지는 않았다. 장인의 장례를 치르자마자 그는 임금 옷을 벗어 왕비의 옷장에 치워 두게 했다. 그리고는 다시 삼베옷에 짚신을 신고 일을 했다.

"도무지 답답하고 따분해서 못 견디겠어. 배만 자꾸 나올 뿐 제대로 먹을 수가 있나, 잠을 잘 수가 있나."

그는 부모와 벙어리 누이를 불러와 옛날처럼 일을 하기 시작했다. 그러자 사람들이 말했다.

"하지만 당신은 임금님이 아니십니까?"

"상관없어. 임금도 먹어야 하니까."

대신들이 들어와 말했다.

"녹봉을 줄 돈이 없사옵니다."

"상관없어. 없으면 안 주면 되니까."

"그러면 아무도 근무를 하려 들지 않을 것이옵니다."

"좋을 대로 하라지. 근무 따윈 하지 않아도 좋아. 그러면 오히려 각자 마음대로 일을 하게 될 테니까. 모두들 거름이나 내게 하라구. 그자들이 거름을 많이 만들어 놓았을 테니까."

백성들이 이반에게 재판을 해달라고 찾아왔다. 한 사람이 말했다.

"저자가 제 돈을 훔쳤사옵니다."

그러자 이반이 말했다.

"그래? 좋아, 좋아! 이 사람은 돈이 필요했던 거야."

사람들은 이반이 바보라는 것을 알게 되었다. 왕비가 그에게 말했다.

"모두들 당신을 바보라고 말하고 있사옵니다."

"아, 상관없어."

이반이 말했다. 그의 아내는 생각에 생각을 거듭했다. 그러나 그녀 역시 바보였다.

"제가 어찌 감히 남편의 뜻을 거스를 수 있겠습니까? 실은 바늘이 가는 대로 따라갈 뿐이지요."

이렇게 말하고 그녀도 왕비의 옷을 벗어 옷장 속에 집어넣었다. 그리고는 벙어리 처녀에게 농사일을 배워 남편을 거들기 시작했다.

이반의 나라에서 똑똑한 사람들은 모두 떠나 버리고 남은 사람은 바보뿐이었다. 그들에겐 아무것도 가진 게 없었다. 그들은 모두 스스로 일을 해서 먹고살았고, 또한 이웃도 먹여 살리면서 살아갔다.

10

큰 도깨비는 작은 도깨비들에게서 어떻게 삼형제를 망하게 했는지에 대한 소식이 오기를 학수고대하고 있었다. 그러나 아무런 소식이 없었다. 그래서 어떻게 된 영문인지 알아보려고 직접 나가 여기저기를 돌아다녀 보았으나 찾아낸 것이라곤 세 개의 구멍뿐이었다.

'아무래도 실패한 모양이로군. 그렇다면 내가 직접 손을 쓸 수밖에.'

도깨비는 세 형제를 찾아 나섰다. 그러나 그들은 옛날에 살던 곳에 살고 있지 않았다. 도깨비는 각각 다른 곳에서 삼형제를 찾아냈다. 셋 다 건재했고, 각기 나라를 다스리고 있었다.

"이러니 내가 직접 나서지 않을 수 없게 됐군."

큰 도깨비는 혼자 중얼거렸다.

도깨비는 먼저 군인인 세몬의 나라로 갔다. 그리고 제 모습이 아닌 장수로 둔갑하여 세몬 왕을 찾아갔다.

"듣자니 왕께서는 진정 위대한 군인이라 여겨지옵니다. 저도 군사와 전쟁에 관해서라면 다소 아는 바가 있사와 감히 옆에서 전하를 섬기고자 합니다만."

세몬 왕은 그에게 이것저것 물어보고 나서 상당한 인물이라 판단하고 옆에 두기로 했다. 새로 뽑힌 장수는 세몬 왕에게 강력한 군대를 만드는 방법을 아뢰었다.

"첫째로 더 많은 군사를 모아야 할 줄로 아옵니다. 이 나라에는 편히 놀고 지내려는 백성이 너무 많습니다. 젊은 사람은 누구를 막론하고 모조리 징집하십시오. 그들은 전하를 위해 싸울 것이며, 그리 되면 뒤에 남은 젊은 여자들도 마음대로 부릴 수 있을 것이옵니다. 둘째로 신식 소총과 대포를 만들지 않으면 아니 되옵니다. 제가 한 번에 백 발의 총알이 나가는 소총을 만들어 올리겠사옵니다. 또한 무엇이나 태워 버릴 수 있는 강력한 대포도 만들겠사옵니다. 이 대포는 사람이든 성이든 모조리 태워 없애 버리고 말 것이옵니다."

세몬 왕은 장수의 말을 받아들였다. 그래서 나라 안의 젊은이는 모두 군대에 나올 것을 명하고, 공장을 세워 신식 소총과 대포를 만든 다음, 이웃 나라 임금에게 싸움을 걸었다. 싸움이 시작되자 세몬 왕은 군사들에게 적군을 향해 총포를 마구 쏘아 대라고 명령했다. 그리하여 단숨에 적을 쳐부수고 절반은 불태워 버렸다. 이웃 나라 임금은 금방 항복하고 자기 나라를 바쳤다. 세몬 왕은 크게 기뻐했다.

"이번에는 인도를 정복해야지."

그는 혼자 중얼거렸다. 그런데 인디아 왕은 소문을 듣고 세몬의 전략을 완전히 가로챘을 뿐 아니라 독신의 여자들까지 군대에 징집했고, 세몬에게서 소총과 대포 만드는 법을 훔쳐냈으며, 공중에서 터지는 폭탄까지 개발했다.

세몬 왕은 인디아 왕에게 싸움을 걸었다. 그러나 예리한 낫도 언제까지나 잘 드는 것은 아니다. 인디아 왕은 세몬의 군대가 사정거리 안으로 들어오는 것을 막는 한편 여자 병사들로 하여금 적군의 머리 위에 폭탄을 퍼붓게 했다. 여자 병사들은 마치 진딧

물에 약을 뿌리듯 세몬의 군대에 폭탄을 퍼부었다. 세몬의 군사들은 혼비백산하여 뿔뿔이 달아나고, 마침내는 세몬 왕 혼자만 남게 되었다. 인디아 왕은 세몬의 나라를 빼앗았다. 세몬은 걸음아 날 살려라 하고 줄행랑을 치는 수밖에 없었다.

큰 도깨비는 맏형을 결딴내자 이번에는 따라스를 찾아갔다. 그는 장사치로 변장하여 따라스의 나라에 자리를 잡고는 사람들에게 선심을 쓰기도 하고 돈도 물 쓰듯 뿌리기 시작했다. 이 장사치는 모든 물건을 비싼 값에 사주었기 때문에 백성들이 앞다투어 몰려들었다. 백성들의 호주머니는 날로 두둑해졌고, 그 동안 밀린 세금도 낼 수 있었으며, 어떤 세금이든 기한 안에 바칠 수 있게 되었다.

따라스 왕은 크게 기뻐했다.

"거 참 고마운 장사치로군. 덕분에 나라는 점점 부유해지고 살기도 좋아지고 있지 않은가."

그리하여 따라스 왕은 새로운 계획을 세우고 자신을 위해 새 궁전을 짓기 시작했다. 그는 목재며 돌을 날라오게 하고 아주 비싼 품삯을 내걸었다. 그 정도면 전과 마찬가지로 백성들이 일을 하러 몰려올 것이라고 그는 생각했다. 그런데 목재며 돌은 모두 그 장사치에게로 실려가고 일꾼들도 모조리 그리로만 몰려가고 있는 것이 아닌가.

따라스 왕은 품삯을 올렸다. 그러나 장사치는 더 많은 돈을 제시했다. 따라스 왕은 많은 돈을 가지고 있었다. 그러나 장사치는 더 많은 돈을 가지고 있었던 것이다. 장사치는 일꾼들에게 임금이 주는 것보다 훨씬 두둑한 품삯을 주었다. 궁전은 착공만 한 채 좀처럼 준공되지 않고 있었다.

따라스 왕은 다시 정원을 만들 계획을 세웠다. 가을이 닥쳤으므로 왕은 백성들에게 정원을 만들러 오라는 명령을 내렸다. 그러나 아무도 오지 않고 모두 장사치네 연못을 파러 가버렸다.

겨울이 닥쳤다. 따라스 왕은 새 모피 외투를 만들기 위해 검은 담비 가죽을 사야겠다고 생각하고 사람을 보냈다. 그자가 돌아와서 말했다.

"담비는 없사옵니다. 그 상인이 모두 사버렸기 때문입니다. 그 자는 담비 가죽을 아주 비싼 값에 사들여 모조리 방석을 만들었다 하옵니다."

따라스 왕은 종마를 사야겠다고 생각했다. 그래서 사람을 보냈더니 이윽고 돌아와서 말하기를, 종마는 모두 그 장사치의 연못을 채울 물을 나르고 있다는 것이었다. 다들 임금의 일은 아무것도 해주려 들지 않으면서 장사치의 일이라면 서로 팔을 걷어붙이고 나섰다. 그리고는 장사치에게서 받은 돈으로 임금에게는 다만 세금을 낼 뿐이었다.

임금은 돈이 남아돌아 간수하기조차 어려울 정도였지만 생활은 점점 곤란해졌다. 임금도 이젠 모든 계획을 중단하고 당장 살아갈 방도를 궁리해야만 했다. 그러나 이윽고는 그날그날을 넘기기마

저 힘든 형편이 되었다. 모든 것이 궁색해졌고, 요리사도 시종도 마부도 여자들도 모두 장사치에게로 눈길을 돌리기 시작했다.

어느새 식료품까지 모자라기 시작했다. 시장으로 사람을 보냈으나 아무것도 살 수가 없었다. 물건이란 물건은 그 장사치가 모조리 사들였기 때문이었다. 임금은 그저 세금만을 받을 수 있을 뿐이었다.

따라스 왕은 몹시 화가 나서 장사치를 나라 밖으로 추방해버렸다. 그러나 장사치는 국경에 버티고 앉아 같은 짓을 계속하고 있었다. 그래서 장사치의 돈을 좇아 모든 것이 왕에게서 장사치에게로 몰려갔다. 임금의 사정은 더욱 나빠졌다. 며칠씩 먹지도 못한 데다가, 장사치가 임금에게서 왕비를 사려 하고 있다는 소문까지 들려왔다. 따라스 왕은 고민에 빠졌다.

하루는 군인인 세몬이 따라스를 찾아와서 말했다.

"좀 도와다오. 인디아 왕에게 패해서 갈 곳이 없는 신세가 되어 버렸단다."

그러나 배불뚝이 따라스도 지금은 뱃가죽이 등뼈에 달라붙어 있는 형편이었다. 그는 말했다.

"저도 벌써 이틀이나 굶고 있는 참인걸요."

11

두 형제를 해치운 큰 도깨비는 이반에게로 갔다. 그는 장수로 가장하여 이반을 찾아가 군대를 만들 것을 권했다.

"임금께서 군대도 없이 지내신다는 것은 체통이 서지 않는 일인 줄 아옵니다. 명령만 내리시면 제가 백성들 가운데서 군사를 뽑아 훌륭한 군대를 만들어 드리겠습니다."

이반이 그 말을 듣고 대꾸했다.

"그럼 어디 만들어 보오. 그리고 군사들이 노래를 잘 부를 수 있도록 훈련을 시키시오. 나는 그것을 좋아하니까."

큰 도깨비는 나라 안을 돌아다니며 지원병을 모집하기 시작했다. 그리고 군대에 지원하는 자는 누구에게나 비싼 술 한 병과 빨간 모자를 주겠다고 말했다.

바보들은 코웃음을 쳤다.

"술은 우리한테도 얼마든지 있어. 술 정도야 우리 손으로 빚고 있으니까. 그리고 모자도 여자들이 원하는 대로 만들어 주는걸. 알록달록한 것이든 술이 달린 것이든."

그리하여 누구 하나 군대에 지원하는 자가 없었다. 큰 도깨비는 이반을 찾아갔다.

"이 나라의 바보들은 아무도 자원해서

군대에 들어오려 하지 않습니다. 그러니 힘으로 끌고와야 합니다."

"그것도 괜찮은 생각이군. 그럼 힘으로라도 끌어오도록 하시오."

그래서 큰 도깨비는 선포했다.

"이 나라 백성은 모두 군사가 되어야 하며, 만일 거역하는 자는 이반 임금께서 사형에 처할 것이다."

바보들은 장수에게 몰려와서 말했다.

"당신은 우리가 군대에 가지 않으면 사형에 처할 것이라고 말씀하셨는데, 우리가 군사가 되면 어떻게 될 것이라는 말씀은 하시지 않았습니다. 군사가 되면 목숨을 잃게 된다고 하던데요."

"그럴 수도 있겠지."

그 말을 듣자 바보들은 고집스럽게 말했다.

"그렇다면 우리는 군대에 나가지 않겠습니다. 그럴 바엔 차라리 집에서 죽는 게 더 나을 테니까요. 이래도 죽고 저래도 죽는 것이라면 말입니다."

"네놈들은 정말 바보들이로구나. 군사가 된다고 모두 죽는 것은 아니다. 하지만 군사가 되지 않으면 반드시 이반 왕에게 죽음을 당할 것이다."

큰 도깨비가 말했다. 바보들은 곰곰이 생각하다가 임금인 이반에게 물어보러 갔다.

"장군님께서 저희들에게 모두 군사가 되라는 명령을 내리셨습니다. 군대에 나가면 죽을는지 죽지 않고 살아올는지 모르지만,

나가지 않으면 왕께서 저희들을 모조리 사형에 처한다고 말씀하고 계시는데, 사실이옵니까?"

이반은 껄껄 웃었다.

"어떻게 나 혼자서 그대들을 전부 죽일 수 있겠는가? 내가 바보가 아니라면 그대들이 알아듣도록 설명할 수 있으련만, 나도 뭐가 뭔지 도통 모르겠구나."

"그렇다면 저희들은 군대에 나가지 않겠습니다요."

"그렇게들 하라구. 군대에 안 나가도 좋아."

바보들은 장수에게 가서 군사가 되지 않겠다고 말했다.

큰 도깨비는 일이 뜻대로 되지 않자 이웃 나라의 따라깐 왕을 부추기기 시작했다.

"이번 기회에 싸움을 걸어 이반 왕을 쳐부수도록 하십시오. 그 나라에는 돈은 없지만 곡식이며 가축, 그 밖의 모든 물건이 풍부합니다."

따라깐 왕은 싸움을 걸기로 했다. 먼저 대군을 모으고 총과 대포를 갖춘 다음 국경으로 나가 이반의 나라를 침입했다. 사람들이 이반에게 달려와서 말했다.

"따라깐 왕이 싸움을 걸어왔사옵니다."

"뭐 별일이야 있으려고. 싸움을 걸 테면 걸라지."

이반이 말했다.

따라깐 왕은 국경을 넘자 먼저 척후병을 보내 이반 군대의 동정을 살피게 했다. 척후병은 여기저기를 돌아다니며 살펴보았다. 그러나 군대 같은 것은 어디에도 보이지 않았다. 그래도 어디선가 불쑥 복병이 나타날지 모른다고 생각하여 한참을 기다려 보았지만 군대에 대해서는 소문조차 들을 수 없었다. 도대체 싸울래야 싸울 상대가 없었다. 따라깐 왕은 군사들을 보내 마을들을 점령하게 했다.

군사들이 어느 마을에 들이닥쳤다. 남자 여자 바보들이 뛰어나와 군사들을 보고는 깜짝 놀라는 눈치였다. 군사들은 바보들에게서 곡식과 가축을 약탈했다. 바보들은 무엇이든 선선히 내주었고, 자신들을 지키려 하기는커녕 오히려 이곳에 와서 살라고 권유하기도 했다. 군사들은 다른 마을로 가보았다. 그러나 거기도 마찬가지였다. 다음날도 그 다음날도 여기저기를 돌아다녀 보았지만 어디든 마찬가지였다. 바보들은 자기들이 가지고 있는 것을 모조리 내주었으며, 누구 한 사람 자기를 지키려 하지 않았다.

그들은 말했다.

"이보세요. 혹시 당신네 나라에서 살기가 어렵거든 우리 나라에 와서 사세요."

군사들이 사방팔방으로 돌아다니며 알아보았으나 어디에도 군대 같은 것은 없었다. 백성들은 모두 스스로 일을 해서 자신들도 먹고 남들도 먹어 살렸으며, 제 목숨을 지키겠다는 생각 따위는 아예 하지도 않고, 오히려 군사들에게 자기 나라에 와서 살라고 권할 뿐이었다.

군사들은 따분해졌다. 그래서 따라깐 왕에게 가서 말했다.

"저희들은 전쟁을 할 수 없사옵니다. 그러니 저희들을 다른 나라로 보내 주십시오. 한바탕 전쟁이 벌어졌으면 좋겠는데. 이거야 도대체 어떻게 된 영문인지 알 수가 없습니다. 마치 힘없는 사람들을 무자비하게 죽이는 것 같아 이 나라에서는 도저히 싸울 수가 없습니다."

따라깐 왕은 머리끝까지 화가 나서 군사들에게 명령했다.

"온 나라를 돌아다니며 마을들을 어질러 놓고 집과 곡식은 불사르며 가축들은 죽여 버려라. 만일 명을 어기는 자가 있으면 누구든 가차없이 처벌할 것이다."

군사들은 깜짝 놀라 명령대로 움직이기 시작했다. 그들은 집과 곡식을 불태우고 가축들을 닥치는 대로 죽였다. 그런데도 바보들은 자기들을 지키려 하지는 않고 그저 울고만 있을 뿐이었다. 노인들도 울고 젊은이들도 울고 아이들도 울었다. 그들은 말했다.

"당신들은 무슨 이유로 우리들을 이렇게 괴롭히는 거요? 왜 우리 재산을 결딴내는 거요? 필요한 것이 있으면 그냥 가져가면 될 것을."

군사들은 왠지 우울해졌다. 그래서 그 이상 돌아다니기를 그만두었다. 이윽고 군대는 뿔뿔이 흩어지고 말았다.

12

그리하여 큰 도깨비는 떠나 버렸다. 군대의 힘으로는 이반을 골탕먹일 수가 없었던 것이다. 그는 다시 말쑥한 신사로 변장하여 이반의 나라로 살러 왔다. 배불뚝이 따라스에게 했던 것처럼 돈으로 골탕을 먹이려고 생각했던 것이다. 큰 도깨비는 말했다.

"나는 훌륭한 지식을 가르쳐서 당신들을 돕고자 합니다. 그래서 먼저 이 나라에 집을 짓고 장사를 시작하고 싶습니다."

"거 좋은 생각이군요. 그럼 여기서 사시오."

사람들이 말했다.

한 벼슬아치가 신사에게 머물 곳을 마련해 주었다. 잠자리에 들어 하룻밤을 묵고 난 이튿날 아침, 신사는 금화가 들어 있는 커다란 자루와 종이를 가지고 광장으로 나가서 말했다.

"여러분은 마치 돼지처럼 지내고 있습니다. 그래서 내가 여러분에게 어떻게 살아야 하는지를 알려주려고 합니다. 먼저 이 도면처럼 집을 지어주십시오. 여러분은 일을 하고 지시는 내가 하겠습니다. 내가 지시하는 대로 따라주면 사례로 이 금화를 드리겠습니다."

말을 마치자 그는 사람들에게 금화를 보여주었다. 바보들은 깜짝 놀랐다. 그들에겐 돈이란 것이 없었으니, 필요한 물건이 있으면 서로 바꾸고 힘든 일은 품앗이로 해결하면서 살아가고 있었기 때문이다. 그들은 금화가 탐이 났다.

"노리갯감으로는 그만이겠는데."

그들은 온갖 물건들과 품을 신사의 금화와 바꾸려고 그에게 몰려갔다. 큰 도깨비는 따라스의 나라에서 했듯이 싯누런 금화를 마구 뿌려대기 시작했다. 사람들은 여러 가지 물건들을 금화와 바꾸거나 이런저런 일을 해주고 금화를 받기도 했다. 큰 도깨비는 신이 나서 생각했다.

'이 정도면 일이 순조롭게 풀려나가는 것이렷다! 이번에야말로 이 바보 녀석을 따라스처럼 묵사발로 만들어 버려야지. 다시는 일어나지 못하게 해주는 거야.'

그런데 바보들은 금화를 손에 넣자마자 목걸이감으로 아낙네들에게 나눠주기도 하고 여자아이들의 머리에 달아주기도 했다. 그리하여 어린애들까지 거리에서 장난감으로 가지고 놀 정도로 금화가 흔해지자 그들은 더 이상 그것을 얻으려 하지 않았다. 그러나 신사의 대궐 같은 집은 아직 절반도 지어지지 않은 채였고, 비축한 가축과 곡식도 아직은 얼마 되지 않았다. 그래서 신사는 사람들에게 일을 하러 오라, 곡식이나 가축을 가지고 오라고 부추기면서 그 대가로 더 많은 금화를 주겠다고 말했다.

그러나 누구 한 사람 일을 하러 오지 않았고, 어떤 물건도 가지고 오지 않았다. 어쩌다 아이들이 달걀을 가져와서 금화와 바꾸거나, 금화를 받고 물건을 날라다주는 게 고작일 뿐 찾아오는 사람이라곤 아무도 없었다. 그래서 이 멋쟁이 신사는 차츰 먹을 것마저 달리게 되었다. 그는 배가 고파 먹을 것을 구하려고 마을 안을 두루 돌아다녔다. 그러다 어느 집으로 들어가 금화를 내보이면서 암탉을 팔지 않겠느냐고 물었다. 그러나 안주인은 금화를 받으려 하지 않았다.

"그런 건 우리 집에도 많이 있어요."

이번에는 어떤 어부의 집에 들러 고기를 살 양으로 금화를 내밀었다.

"우리 집엔 그런 것 필요 없수. 어린애가 없어 가지고 놀 사람이 없거든. 게다가 다들 귀한 물건이라고 하기에 나도 세 닢이나

구해 놓았다우."

어부가 말했다.

다음에 큰 도깨비는 빵을 사려고 한 농부의 집에 들렀다. 그러나 농부도 금화를 받지 않았다.

"우리 집엔 필요 없어요. 적선을 하란다면 또 모르지만. 잠깐 기다려 보시오. 집사람더러 빵을 좀 잘라 오라고 이를 테니까."

도깨비는 퉤! 하고 침을 뱉고는 농부의 집을 도망쳐나왔다. 적선을 받다니 말도 안 되는 소리였다. 그는 결국 빵도 얻지 못하고 말았다. 사람들은 모두 금화를 충분히 가지고 있었다. 도깨비가 어디를 가든, 누구 하나 돈을 보고 물건을 주려 하지 않았다. 대신 모두들 이렇게 말하는 것이었다.

"뭔가 다른 것을 가져오든가 일을 하든가, 아니면 차라리 동냥을 하러 오시구려."

그러나 도깨비가 가진 것이라곤 돈밖에 없었으며, 그렇다고 동냥을 하러 나설 수는 없는 노릇이었다. 큰 도깨비는 몹시 화가 났다.

"어떻게 된 거야? 돈은 필요한 거라구. 돈만 있으면 어떤 물건이라도 살 수 있고, 어떤 일꾼이든 부릴 수 있다니까."

그러나 바보들은 이렇게 말하는 것이었다.

"정말 그런 건 필요 없어요. 여기선 돈으로 지불할 일도, 세금을 낼 일도 없으니까. 그러니 돈이 무슨 필요가 있겠어요?"

큰 도깨비는 저녁도 굶은 채 잠자리에 들었다.

이 일이 이반의 귀에 들어갔다. 백성들이 그를 찾아가 물었기 때문이다.

"도대체 어떻게 하면 좋겠습니까? 일전에 저희들한테 말쑥하게 차려입은 신사 하나가 나타났습니다. 그는 맛있는 것을 먹고 좋은 술을 마시고 깨끗한 옷을 입기를 좋아하면서도 일 같은 건 아예 하려 들지 않을 뿐 아니라, 동냥을 다니지도 않고 그저 금화라는 것만 내밀 뿐입니다. 전에 금화가 귀했을 때는 다들 이 신사에게 무엇이든 갖다 주었지만, 이제는 그 어느 것도 주는 사람이 없습니다. 이 신사를 어떻게 해야 되겠습니까? 굶어 죽지나 말아야 할 텐데 말입니다."

이반은 다 듣고 나서 말했다.

"아무렴. 그렇고 말고. 먹여 살려야 하느니라. 그를 양 치는 목자처럼 집집마다 돌아다니며 얻어먹게 하라."

큰 도깨비는 하는 수 없이 이 집 저 집 돌아다니며 밥을 얻어먹었다. 그러는 동안 차례가 이반의 궁궐까지 돌아왔다. 큰 도깨비가 점심을 먹으러 가보니 이반의 집에서는 벙어리 여동생이 식사 준비를 하고 있었다. 그녀는 이제껏 게으름뱅이들한테 자주 속아왔다. 게으름뱅이들은 일도 하지 않는 주제에 제일 먼저 밥을 먹으러 와서는 장만해 놓은 음식을 싹싹 먹어치우곤 했다. 벙어리 처녀는 그들의 손을 보고 게으름뱅이들을 곧잘 가려냈다. 그래서 손에 못이 박힌 사람은 식탁에 앉히지만 그렇지 않은 사람은 먹고 남을 찌꺼기를 주도록 하고 있었다.

큰 도깨비가 식탁에 앉자 벙어리 처녀는 그의 손을 살짝 들여다보았다. 그 손에는 굳은살이 박혀 있지 않았다. 손은 깨끗하고 손톱이 길게 자라 있었다. 벙어리 처녀는 무어라고 소리치더니 도깨비를 식탁에서 끌어냈다.

이반의 아내가 도깨비에게 말했다.

"화내지 마세요. 우리 시누이는 손에 못이 박히지 않은 사람은 식탁에 앉히지 않는답니다. 잠깐만 기다렸다가 다른 분들이 드신 후 남은 것을 드시도록 하세요."

'임금의 궁궐에선 나에게 돼지들이나 먹는 것을 먹이려 하는군.'

그렇게 생각하자 큰 도깨비는 화가 났다. 그래서 이반에게 말했다.

"임금의 나라에는 모든 사람들이 손으로 일을 해야만 한다는 미련한 법률이 있는 모양입니다만, 그것은 여러분이 어리석기 때문에 나온 생각에 불과합니다. 영리한 사람은 무엇으로 일을 하는지 아십니까?"

이반이 반문했다.

"바보인 우리가 어찌 그런 걸 알겠는가? 우리는 모든 일을 손과 등으로 한다네."

"그건 여러분이 뭘 모르기 때문입니다. 그래서 제가 어떻게 머리로 일을 하는지 그 방법을 가르쳐 드릴까 합니다. 그러면 여러분들도 아시게 될 겁니다. 손보다 머리로 일을 하는 편이 훨씬 이득이 많다는 것을 말입니다."

이반은 놀랐다.

"과연 그렇겠군. 우리가 바보라 불리는 것도 무리가 아니야."

그러자 큰 도깨비가 설명하기 시작했다.

"그러나 결코 수월하지는 않습니다. 머리로 일을 하는 것도 말입니다. 제 손에 못이 박히지 않았다고 해서 여러분은 저에게 먹을 것을 주시지 않는데, 그것은 머리로 일을 하는 것이 손으로 하는 것보다 백 배는 더 어렵다는 사실을 모르기 때문입니다. 때로는 머리가 빠개지는 수도 있을 정도니까요."

이반은 생각에 잠겼다.

"그런데 말이야, 그대는 어찌해서 그토록 자신을 괴롭히는 거지? 머리가 빠개질 정도라면 과연 수월한 일은 아니겠군. 그렇다면 차라리 손과 등을 써서 보다 쉬운 일을 하는 게 낫지 않겠나?"

그러자 도깨비가 말했다.

"제가 자신을 괴롭히는 것은 여러분의 어리석음이 가엾어서입니다. 만일 제가 제 자신을 괴롭히지 않는다면 여러분은 영원히 바보로 남게 될 것입니다. 그러나 저는 줄곧 머리로 일해 왔은즉, 이제부터 여러분에게도 그것을 가르쳐 드리려는 겁니다."

이반은 놀랐다.

"그럼 가르쳐 주게, 손이 지쳤을 때 머리로 일할 수 있는 방법을."

도깨비는 그러마고 약속했다.

이반은 온 나라에 방을 붙였다.

'훌륭한 신사분이 그대들에게 머리로 일하는 법을 가르쳐 주기로 했다. 머리는 손보다 훨씬 많은 일을 할 수 있다. 그러니 모두 나와 배우도록 하라.'

이반의 나라에는 높은 망대가 세워지고 사다리가 놓이고 그 위에 연단이 마련되었다. 이반은 신사의 모습이 잘 보이도록 그를 연단으로 안내했다.

신사는 망대 위에 서서 지껄이기 시작했다. 바보 백성들은 구경을 하러 꾸역꾸역 모여들었다. 그들은 손을 쓰지 않고 머리로 일하려면 어떻게 해야 하는지를 신사가 직접 보여줄 것이라 생각했다. 그러나 도깨비는 손을 쓰지 않고 일하는 방법에 대해 그저 말로만 떠들어 댈 뿐이었다. 바보들은 뭐가 뭔지 도통 알아들을 수가 없었다. 그래서 한동안 바라보고 있다가 이윽고 각자의 일터로 뿔뿔이 흩어져가 버렸다.

큰 도깨비는 종일 망대 위에 서 있었다. 다음날도 마찬가지였다. 그는 줄곧 지껄여 댔다.

배가 몹시 고팠으므로 그는 무엇이든 좀 먹었으면 좋겠다고 생각했다. 그러나 바보들은 그가 손보다 머리로 일을 하는 사람이라면 까짓 빵쯤은 얼마든지 만들 수 있으려니 생각하고 아무도 그에게 빵을 갖다주지 않았다. 큰 도깨비는 그 다음날도 연단 위에 서서 줄곧 지껄여 댔다. 그러나 사람들은 가까이 다가와 잠시 바라보다가는 이내 제 갈 길로 흩어져갈 뿐이었다.

이반은 이따금 사람들을 불러 물어 보았다.

"어떻던가? 그 신사가 머리로 일을 하기 시작했나?"

"아직은 아니옵니다. 그는 여전히 뭐라고 지껄여 대기만 하고 있을 뿐입니다."

사람들이 대답했다.

큰 도깨비는 며칠째 계속해서 연단 위에 서 있었고, 그러느라 지쳐 이젠 가끔 비틀거리기 시작했다. 어느 날 그는 비틀거리다가 그만 머리를 기둥에 부딪고 말았다. 한 바보가 이것을 보고 이반의 아내에게 알리자 이반의 아내는 남편에게 달려가서 말했다.

"자, 구경하러 가십시다. 신사가 드디어 머리로 일을 하기 시작한 모양이에요."

"그게 정말이오?"

이반은 말을 몰아 망대로 달려갔다. 이반이 망대에 도착했을 때, 굶주리다 못해 몸이 쇠약해질 대로 쇠약해진 도깨비가 비틀거리며 기둥에 머리를 들이박았다. 그러더니 이반이 좀더 가까이 다가가자, 털썩 고꾸라져 요란한 소리를 내며 사다리의 계단을 따라 거꾸로 굴러떨어졌다.

"아하!"

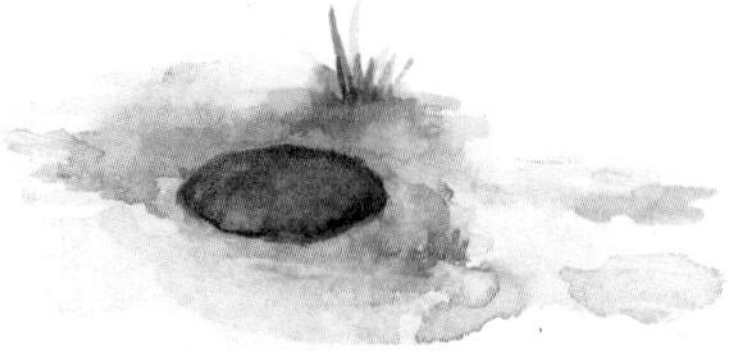

이반은 감탄했다.

"언젠가 머리가 빠개지는 수도 있다고 신사가 말하더니 과연 그런걸. 이건 정말 손에 박힌 못이 문제가 아니야. 저렇게 일을 하다간 머리가 혹투성이가 되겠군."

큰 도깨비는 사다리 아래로 굴러떨어지면서 땅 속에 머리를 쳐박고 말았다. 신사가 얼마나 많은 일을 했는지 살펴보려고 이반은 한 걸음 다가갔다. 그런데 다음 순간 땅이 쫙 갈라지면서 큰 도깨비는 땅 속으로 사라졌다. 그리고 그 자리엔 구멍이 하나 남았을 뿐이었다. 이반은 머리를 긁적거리면서 말했다.

"아니, 이놈이! 이런 빌어먹을 것이 있나! 또 그놈이었단 말인가! 아니, 이번엔 그놈들의 아비가 틀림없어. 별 싱거운 놈도 다 있군!"

이반은 오늘까지 살아 있으며 많은 사람들이 그의 나라로 몰려들고 있다. 두 형들이 그를 찾아오자 이반은 그들도 받아들였다. 누군가가 찾아와서 좀 먹여 살려 달라고 부탁하면 이반은 대답하는 것이다.

"그러지, 뭐. 와서 살게나. 여기엔 없는 것이 없으니까."

그러나 이 나라에는 오직 한 가지 관습이 있다. 손에 못이 박힌 사람은 식탁에 앉을 수 있지만 그렇지 않은 자는 남들이 먹다 남긴 찌꺼기를 먹어야 한다는 것이다.

사람에겐 얼마만큼의 땅이 필요한가

1

도시에 사는 언니가 시골의 여동생을 찾아왔다. 언니는 도시 상인의 아내였고, 동생은 시골 농부의 아내였다. 자매는 차를 마시며 이런저런 이야기를 나누었다. 그러다가 언니가 자신의 도시 생활에 대해 자랑하기 시작했다. 그녀는 자신이 얼마나 크고 안락한 집에 사는지, 아이들에게는 어떤 옷을 입히고 음식은 어떤 것을 먹는지, 그리고 어떤 마차를 타고 어디를 놀러 다니며 어떤 연극을 보러 다니는지에 대해 이야기했다.

그러자 동생은 분한 생각이 들어 장사치들의 생활을 헐뜯으면서 자신들의 생활의 나은 점을 늘어놓았다.

"누가 뭐래도 난 언니의 생활과 내 생활을 바꾸고 싶지 않아요. 우리들 사는 꼴이야 물론 보잘것없지요. 하지만 우린 지금껏 근심이란 걸 모르고 살거든요. 언니 말대로 도시 생활은 깔끔해서 좋을지 모르지만 운수가 사나워 망해먹기라도 하는 날엔 하루아침에 빈털터리 신세가 되는 것 아니에요? '손해와 이득은 손의 앞뒷면과 같다'는 속담도 있잖아요. 오늘의 부자가 언제 알거지가 될지 누가 알겠어요? 거기에 비하면 우리들의 생활은 안전하고 확실하죠. 큰부자는 못 될지 몰라도 배를 곯는 일은 없으니까요."

언니가 그 말을 되받아서 말했다.

"배를 곯지 않는다고? 그래서 소나 돼지처럼 살아도 좋단 말이야? 좋은 옷 한 벌 입어보지 못하고, 변변한 사교 생활도 없이? 네 남편이 뼈빠지게 일하면 뭐하니? 그래 봤자 평생 이 돼지우리를 벗어나지 못할 테고, 네 아이들도 마찬가지로 살아가게 될 텐데."

동생이 다시 입을 열었다.

"그게 우리의 방식인걸요. 대신 우리네 생활은 건전하고 자유로워요. 누구에게 굽실거릴 일도, 누군가를 두려워할 필요도 없죠. 하지만 도시 생활이란 유혹과 불안의 연속이잖아요? 오늘이 아무리 좋아도 내일은 또 무슨 일이 일어날지 모르죠. 이를테면 형부만 해도 언제 어떤 유혹에 걸려 재산을 몽땅 날리고 파멸의 구렁텅이에 빠지게 될지 누가 알겠어요?"

동생의 남편 바흠이 벽난로 곁에서 자매의 이야기를 듣고 있다가 대화에 끼여들었다.

"그건 사실이죠. 우리네 농부들은 어릴 때부터 어머니 품 같은 이 땅을 가꾸며 살아 왔기 때문에 어리석은 짓에 한눈 팔 틈이 없답니다. 다만 한 가지 아쉬운 것이 있다면 땅이 너무 적다는 거죠. 만일 나에게 원하는 만큼의 땅이 있다면 난 그 누구도 부러워하거나 두려워하지 않을 겁니다. 악마까지도."

자매는 차를 마시며 잠시 더 이야기를 나누다가 그릇을 치우고 잠자리에 들었다. 그런데 벽난로 뒤에서 악마 하나가 이들의 이야기를 빠짐없이 듣고 있었다. 농부가 아내의 말을 거들어, 땅만 있으면 악마도 두렵지 않다고 큰소리치는 것을 듣고 악마는 몹시 약이 올랐다.

'좋아! 그렇다면 어디 한판 겨루어 보자. 소원하는 땅을 듬뿍 안겨주어 네놈을 홀려볼 테니까.'

2

그 마을에 바렌카라는 애칭을 가진 한 여지주가 살고 있었다.

그녀는 약 120데샤티나(*324에이커. 1에이커는 4,047평방미터) 정도의 땅을 소유하고 있었는데, 이제껏 소작인들을 노엽게 하거나 억울하게 하는 일 없이 서로 의좋게 지내오고 있는 터였다.

그런데 한 퇴역 군인이 그녀의 관리인으로 들어와서는 사사건건 벌금을 매겨 농부들을 괴롭히기 시작했다. 바흠도 조심을 한다고 했지만, 아무리 신경을 써도 그의 말이 귀리 밭을 짓밟는다든지 송아지들이 목초지에 들어간다든지 하는 사건이 발생하곤 했다. 관리인은 그때마다 벌금을 매겼다.

바흠은 꼬박꼬박 벌금을 물어주었지만, 그럴 때마다 애꿎은 집안 사람들에게 화풀이를 하곤 했다. 덕분에 그는 여름을 나는 동안 꽤 많은 죄를 짓게 되었다. 그래서 가축을 헛간에 들이게 되었을 때는 오히려 그것을 기쁘게 생각했을 정도였다. 사료는 부족했지만 걱정거리가 없어지기 때문이었다.

그런데 겨울 동안 그 여지주가 땅을 팔려고 한다는 소문이 돌았다. 저택 관리인이 그 땅을 사들이려 하고 있다는 소문도 들려왔다. 소작인들은 그 소식을 듣고 한탄했다.

"만일 땅이 그자의 손에 들어간다면, 그는 지금보다 훨씬 심한 벌금으로 우리를 못살게 굴 게 틀림없어. 우리가 그 땅 없이 산다는 건 불가능한데 말이야. 어쨌든 우리 모두는 그 땅 위에 살고 있으니까."

농부들은 한덩어리가 되어 여지주를 찾아가서, 그 땅을 저택 관리인에게 팔지 말고 자기들에게 양도해 줄 것을 간청했다. 그들은 저택 관리인보다 더 비싼 값을 쳐주겠다고 약속했다. 부인은 승낙했다.

농부들은 조합을 만들어 그 땅을 한꺼번에 사들일 방법을 의논했다. 그들은 회의를 거듭했다. 그러나 좀처럼 결론이 나질 않았다. 악마가 훼방을 놓아 의견의 일치를 볼 수가 없었던 것이다. 결국 농부들은 각자의 능력에 맞춰 적당한 면적을 따로따로 사기로 결정했다. 여지주는 동의했다.

이웃 사람 하나가 20데샤티나의 땅을 샀는데 부인이 땅값의 반을 1년 뒤에 갚을 수 있도록 해주었다는 말을 듣고 바흠은 몹시 부러운 생각이 들었다.

'동네 사람들이 땅을 모두 사버리면 나는 어떻게 되는 거지?'

그는 아내와 의논했다.

"사람들이 땅을 사들이고 있소. 우리도 10데샤티나쯤은 사야 되지 않을까? 그러지 않고는 살아갈 방도가 없어. 그 관리인이란 작자가 벌금으로 숫제 우릴 집어삼키려 드는 판이니."

내외는 땅을 살 궁리를 했다. 그들에게는 저축해 둔 돈이 100루블 정도 있었다. 거기다 망아지 한 마리와 꿀벌 절반을 팔고 아들을 머슴살이 보내고 처남에게 얼마를 꾸어 가까스로 땅값의 반 정도를 마련했다. 바흠은 미리 숲이 딸린 15데샤티나 정도의 땅을 봐놓고 여지주를 찾아가 흥정을 하고 계약을 마친 다음 땅값의 절반은 현찰로 지불하고 나머지는 2년 후에 갚기로 약속했다.

그리하여 바흠은 마침내 자기 땅을 갖게 되었다. 그는 씨앗을 사다가 그 땅에 뿌렸다. 첫해에 큰 풍년이 들어 1년 농사로 여지주와 처남에게 진 빚을 모두 갚을 수 있었다. 이제 바흠은 명실공히 지주가 된 것이었다. 자기 땅을 갈아 씨를 뿌리고 자기 땅에서 건초를 마련하며 자기 땅에서 땔감을 베어내고 자기 땅에서 가축을 기를 수 있게 된 것이다.

땅을 갈러 가거나, 작물의 싹이 돋아나는 밭이며 목초지를 둘러보러 나갈 때마다 바흠은 더할 나위 없이 기뻤다. 그 땅에서 피는 꽃이나 자라나는 풀들은 왠지 다른 곳에서 보는 꽃이나 풀과는 다르게 느껴졌다. 땅은 예나 지금이나 달라진 바가 없었지만 바흠에게는 그곳이 아주 특별한 땅이 되었던 것이다.

3

바흠은 기쁨으로 충만한 나날을 보냈다. 이웃 농부들이 그의 작물이나 목초지를 짓밟는 일만 없다면 모든 것이 만족스러웠을 것이다. 그는 제발 좀 조심해 달라고 농부들에게 부탁했다. 그러나 아무런 소용이 없었다. 놓아 먹이는 소들이 여전히 그의 목초지를 침범했고, 때로는 우리를 뛰쳐나온 말들이 그의 경작지로 뛰어들기도 했다.

바흠은 그때마다 그것들을 달래서 몰아낼 뿐 법에까지 호소하지는 않았다. 그러나 계속해서 그런 일이 일어나자 결국은 지쳐서 재판소에 고발을 하기에 이르렀다. 물론 그도 모든 문제가 땅이 워낙 좁아서 생기는 것이지, 농부들에게 나쁜 마음이 있어서는 아니라는 사실을 모르는 건 아니었다.

'그렇지만.'

그는 생각했다.

'이대로 내버려둘 수는 없어. 이런 식으로 가다간 숫제 내 땅에다 자기네들의 방목지를 만들려고 덤빌 테니까. 절대로 그럴 순 없다는 걸 보여줘야지.'

그는 소송을 걸어 자신의 농작물에 피해를 입힌 농부에게서 벌금을 받아냈다. 그 뒤 다시 그런 일이 생기자 그는 이번에도 고발을 했고, 상대방은 벌금을 물었다. 이런 일이 거듭되자 이웃 농부들은 그를 욕하기 시작했고, 이젠 고의로 그의 땅을 짓밟기 시작했다. 그 중 한 사람이 밤중에 그의 숲에 들어가 수십 그루가 되는 참피나무의 껍질을 모조리 벗겨 버렸다. 다음날 아침 바흠이 숲 근처를 지나가다 보니 뭔가 희끗희끗한 게 보였다. 가까이 다가가서 보니 나무들은 껍질이 벗겨지고 밑동이 잘린 채 여기저기 흩어져 있고 그루터기만 덩그러니 남아 있었다. 바흠은 화가 머

리끝까지 치밀었다.

'누군지 잡기만 해봐라. 내 가만두지 않을 테다.'

그는 곰곰이 생각했다.

'누가 이런 짓을 했을까? 그래, 쇼무카야! 그놈이 아니고는 이런 짓을 할 사람이 없어.'

바훔은 쇼무카의 집으로 가서 동정을 살폈다. 단서가 될만한 것은 아무것도 발견할 수 없었으나 두 사람이 서로 말다툼을 하게 되었다. 그 바람에 바훔은 더욱 쇼무카의 짓이라는 심증을 굳혔다. 그는 쇼무카를 고발했다. 두 사람은 법정에 출두했다. 재판은 몇 번이나 되풀이되었다. 그러나 증거가 불충분하다는 이유로 쇼무카는 결국 무죄 판결을 받았다. 바훔은 더욱 화가 나서 재판장이며 이장한테까지 행패를 부렸다.

"당신네들은 모두 도둑놈 편을 들고 있소. 당신네들이 정직하다면 도둑놈을 무죄로 석방하지는 않았을 거요."

바훔은 마을 사람들과도 자주 다퉜다. 그러자 이웃들은 그의 집에 불을 질러 버리겠다고 위협했다. 바훔은 넓은 땅을 소유하게 되었으나 인심을 잃는 바람에 외톨이로 살아가는 수밖에 없었다.

이 무렵, 사람들이 새로운 땅으로 이주하려 한다는 소문이 들려왔다. 바훔은 생각했다.

'나야 이곳을 떠날 이유가 없지. 이웃들이 여길 떠나면 빈 땅이 많아질 것 아닌가. 그 땅을 사들인다면 우리 살림도 한결 나아질

거야. 이대로는 답답해서 견딜 수가 있어야 말이지.'

어느 날, 그곳을 지나가던 한 농부가 바흠을 찾아왔다. 바흠은 농부를 하룻밤 재워주기로 하고 식사를 대접한 뒤 함께 세상 돌아가는 이야기를 나누었다.

바흠이 농부에게 어디서 오는 길이냐고 묻자, 농부는 그저 볼가 강을 따라 내려오는 길이라면서, 자신은 지금까지 여기저기를 떠돌아다니며 막일을 하고 지냈다고 대답했다. 그 농부는 자신이 일하던 곳으로 많은 사람들이 이주해 오는 것을 보았다고 말했다. 그곳에 온 사람들은 모두 조합에 가입하여 한 사람당 10데샤티나씩의 땅을 배당받았다는 것이었다.

"그런데 말입니다."

농부는 말을 이었다.

"땅이 어찌나 비옥한지 농사가 그렇게 잘될 수가 없답니다. 호밀을 파종하면 말 잔등이 보이지 않을 만큼 쑥쑥 자라는데, 이게 또 어찌나 실한지 다섯 움큼으로 한 다발이 될 정도지요. 어떤 농부는 알거지 신세로 맨주먹만 달랑 들고 왔다가 지금은 말 여섯 필에 암소를 두 마리나 기르는 처지가 됐죠."

바흠의 마음은 뜨겁게 달아올랐다.

'그렇게 살기 좋은 땅을 두고 이 좁은 곳에서 고생할 필요가 있을까. 땅과 말을 팔아 당장 그곳으로 가는 거야. 가서 새출발을 하는 거다. 이렇게 비좁은 땅덩어리에서 살다보면 공연한 죄나

짓게 될 뿐이지. 우선 가서 그곳 사정을 알아본 뒤에 이사를 해야겠다.'

여름이 되자 그는 그곳을 향해 떠났다. 사마라까지는 기선을 타고 볼가 강을 따라 올라가, 거기서부터 다시 400베르스타(*1베르스타는 약 3,500피트)를 걸었다. 목적지에 도착해서 보니 모든 것이 들은 대로였다. 농부들은 각자 10데샤티나씩의 땅을 배당받

아 풍족하게 살고 있었으며, 모두 조합에 가입해 있었다. 뿐만 아니라 돈만 있으면 배당받은 땅 이외에도 데샤티나당 3루블 정도에 좋은 땅을 얼마든지 살 수 있다는 것이었다.

모든 사정을 자세히 살펴본 바흠은 가을이 되자 집으로 돌아와 재산을 정리하기 시작했다. 그는 자기 땅을 좋은 값에 팔았으며 집과 가축도 매각했다. 그리고 조합에서도 탈퇴한 뒤 봄이 오기를 기다려 가족을 데리고 새로운 땅으로 떠났다.

4

바흠은 가족과 함께 새로운 땅으로 이주했다. 그리고 어느 큰 마을의 조합에 가입하기로 했다. 그는 마을 어른들을 초대하여 보드카를 대접하고 필요한 서류들을 준비했다. 얼마 후 그는 조합원이 되었고, 다섯 명의 가족에 대한 50데샤티나의 땅과 목장을 배당받았다. 이제 그가 가진 토지는 이전의 세 배가 되었고 땅도 기름졌다. 살림은 이전보다 열 배는 나아졌다. 그는 충분한 경작지와 목장을 소유했으며, 가축도 얼마든지 기를 수 있었다.

처음에는 모든 것이 만족스럽기만 했다. 그러나 차츰 생활이 안정되고 살림이 불어나자 이곳도 역시 비좁게 생각되기 시작했다.

이주한 첫해에 그는 밀을 파종했다. 농사는 대풍이었다. 그는 더 많은 밀을 갈고 싶었다. 그러나 가진 땅만으로는 부족했다. 또 밀을 심기에는 적합하지 않은 땅도 있었다. 밀은 놀리고 있는 땅에 갈아야 했다. 그리고 거기에 1년이나 2년 농사를 짓고는 다시 잡초가 자랄 때까지 휴경지로 묵혀 두어야 하는 것이다.

이런 땅은 원하는 사람이 많기 때문에 차지하기가 쉽지 않았다. 그래서 그 땅 때문에 곧잘 싸움이 일어나기도 했다. 돈이 많은 사람도 적은 사람도 모두 그 땅에 파종하기를 원했다. 그러다 보니 가난한 사람들은 으레 상인들한테 빚을 지게 마련이었다.

바흠은 가능한 한 많은 밀을 심고 싶었다. 그래서 이듬해에는 상인을 찾아가 1년 기한으로 땅을 빌렸다. 그는 더 많은 밀을 갈았다. 밀은 잘 자랐다. 그러나 그곳으로 가기 위해서는 15베르스타를 걸어야 했다. 그는 부근의 농부들이 농사를 지으면서 한편으론 장사에도 손을 대 많은 돈을 버는 것을 보았다.

그는 생각했다.

'나도 저 사람들처럼 땅을 살 수만 있다면 지금보다 한결 형편이 나아질 텐데.'

그래서 바흠은 무슨 수를 써서라도 땅을 자기 것으로 만들어야겠다고 마음먹었다. 어느덧 3년이 흘렀다. 그는 더 많은 땅을 빌려 더 많은 밀을 심었다. 해마다 풍년이 들었고 돈도 웬만큼 모으게 되었다.

이제 살아가는 데는 아무런 걱정이 없었다. 그러나 바흠은 해마다 남의 땅을 빌려 농사를 지어야 하는 것이 못마땅했다. 어디에 조금이라도 좋은 땅이 있다는 소리가 들리면 그곳 농부들이 이내 달려가서 몽땅 차지하곤 했다. 우물쭈물하다가 땅을 빌리지 못하면 한 해 농사를 공치는 수밖에 없었다.

3년째 되던 해에 바흠은 한 상인과 공동으로 농부들로부터 목초지를 빌렸다. 그러나 목초지는 개간해 경작을 마쳤을 때 농부들이 소송을 제기하는 바람에 한 해 농사가 헛일이 되고 말았다. 그는 생각했다.

'이게 만일 내 땅이라면 누구한테 머리를 숙일 필요도 없고 불쾌한 꼴을 당할 필요도 없을 텐데.'

그래서 영구히 사들일 땅을 찾고 있던 중에 바흠은 한 농부를 만났다. 그 농부는 500데샤티나의 땅을 갖고 있었는데 파산을 하여 사정이 급한 탓에 아주 싸게 판다는 것이었다. 바흠은 그 농부와 흥정을 했다. 여러 차례 교섭한 끝에 1,500루블로 값을 정하고, 절반은 현금으로 지불하며 나머지 반은 후불로 한다는 조건으로 계약을 했다.

일이 마무리 단계에 들어섰을 즈음, 지나가던 장사치 하나가 바흠의 집에 들렀다. 두 사람은 차를 마시며 세상 돌아가는 이야기를 주고받았다.

장사치는 그곳에서 멀리 떨어진 바시키르로부터 오는 길이라고 했다. 그는 바시키르에서 그곳 주민들로부터 1,500데샤티나의 땅을 샀는데, 땅값은 겨우 1,000루블밖에 되지 않았다고 말했다. 바흠이 궁금해서 이것저것 물어보자 장사치는 설명했다.

"내가 한 일이라곤 마을 노인네들의 비위를 맞춰준 것뿐이죠. 나는 100루블 어치쯤 되는 옷과 카펫과 차 한 상자를 그들에게 나눠주었습니다. 그리고 약간의 술을 대접하는 것으로 1데샤티나당 20카페이카라는 헐값에 그 땅을 손에 넣은 거죠."

그러면서 그는 등기 서류를 보여주었다.

"그 땅은 작은 강을 끼고 있는데 온통 풀로 뒤덮인 넓은 들판이랍니다."

바흠은 좀더 자세하게 설명해 줄 것을 부탁했다. 장사치가 말했다.

"그곳의 땅은 얼마나 넓은지 1년이 걸려도 다 돌아볼 수 없을 정도랍니다. 모두 바시키르 주민들의 땅인데, 그들은 양처럼 순해 빠진 얼간이들이어서 거의 공짜나 다름없이 땅을 살 수 있지요."

바흠은 생각했다.

'그런 곳이 있는데 나는 고작 500데샤티나의 땅을 사기 위해 1,000루블을 써야 한단 말인가? 더구나 빚까지 짊어져 가면서? 그곳에 가면 똑같은 1,000루블로 엄청나게 넓은 땅을 살 수 있는데…….'

5

바흠은 그곳으로 가는 길을 자세히 물었다. 그리고 장사치가 떠나자마자 자신도 떠날 채비를 했다. 그는 집안일을 아내에게 맡기고 일꾼 한 사람을 데리고 출발했다.

도중에 그는 작은 도시에 들러 장사치가 말한 대로 차 한 상자와 선물들과 술을 샀다. 그리고 다시 길을 서둘러 500베르스타를 여행했다. 7일 만에 두 사람은 바시키르 인들의 유목지에 도착했다.

모든 것이 장사치가 말한 그대로였다. 바시키르 인들은 작은 강을 따라 펼쳐진 넓은 초원의, 펠트 천으로 덮개를 씌운 마차에서 생활하고 있었다. 그들은 스스로 땅을 경작하지도 않았고 빵을 먹지도 않았다. 널따란 초원에는 가축들이 떼지어 풀을 뜯고 있었으며 말들도 무리를 지어 노닐고 있었다.

덮개마차 뒤에는 망아지들이 매여 있었는데, 하루에 두 번씩 암말을 데려다 젖을 먹였다. 아낙네들은 말 젖으로 마유주를 만들었고, 이것을 휘저어 치즈를 만들기도 했다. 바시키르 남자들이 하는 일이란 마유주를 마시며 양고기를 먹고 피리를 부는 것뿐이었다. 사람들은 모두 정중하고 쾌활했으며, 온 여름을 축제 기분으로 지내고 있었다. 모두들 문맹이어서 러시아 말도 할 줄 몰랐지만 하나같이 매우 친절했다.

바흠을 보자 바시키르 인들은 덮개마차에서 몰려나와 그 주위를 에워쌌다. 그 중에서 러시아 말을 할 줄 아는 사람이 나와 인사를 했다. 바흠은 땅을 좀 살까 해서 왔다고 말했다.

사람들은 매우 기뻐하며 바흠을 바닥에 양탄자가 깔려 있는 훌륭한 마차로 안내했다. 그들은 그를 양털 방석 위에 앉히고 마유주와 차를 권했다. 또한 양을 잡아 양고기를 대접했다.

바흠은 선물을 꺼내서 그들에게 나누어주었다. 바시키르 인들은 좋아서 어쩔 줄 몰라 했다. 그들은 자기네끼리 왁자지껄 떠들어 대다가 통역에게 무어라고 이야기를 했다.

"당신이 자기들 마음에 들었다는 말을 해달라는군요. 그리고 우리네 관습에 따라 당신의 선물에 대한 답례를 하고 싶으니, 우리의 소유물 가운데서 원하시는 것이 있으면 무엇이든 말씀하시랍니다."

통역이 말했다.

“당신네들이 가진 것 중에서 다른 무엇보다도 땅을 조금 얻었으면 합니다. 제가 살던 곳은 땅이 워낙 부족해서요. 게다가 너무 많이 경작하여 이젠 아주 황폐해져 버렸답니다. 그런데 당신네는 땅이 아주 많군요. 토질도 아주 비옥하고요. 저는 일찍이 이렇게 좋은 땅을 본 적이 없습니다.”

바흠이 말했다. 통역이 그의 말을 옮겼다. 바시키르 인들은 서로 의논을 하는 눈치였다. 바흠은 그들이 뭐라고 하는지 전혀 알아들을 수가 없었다. 그러나 큰 소리로 웃고 떠들며 이야기하는 모습으로 보아 매우 즐거워하고 있다는 것은 알 수 있었다.

이윽고 그들은 입을 다물고 바흠을 바라보았다. 통역이 말했다.

“이 사람들은 당신의 친절에 보답하기 위해 기꺼이 당신이 원하시는 만큼의 땅을 드리겠다고 하는군요. 말씀만 하십시오. 그러면 원하시는 땅을 드리겠습니다.”

사람들은 다시 뭔가를 의논하기 시작했다. 그러다가 차츰 목소리가 높아지더니 한바탕 언쟁이 벌어졌다. 바흠은 그들이 무슨 일로 다투고 있는지 물어보았다. 통역이 설명해 주었다.

“몇몇 사람들이 땅에 관한 일은 촌장에게 물어봐야 하며, 촌장의 말을 들어보지 않고 결정할 수는 없다고 주장하고 있어요. 또 다른 몇몇은 촌장의 승낙 없이도 땅을 줄 수 있다는 의견이고.”

6

바시키르 인들은 계속 다투고 있었다. 이때 여우털 모자를 쓴 사람이 들어왔다. 떠들던 사람들은 조용해졌다. 통역이 말했다.

"이분이 촌장어른이십니다."

바흠은 얼른 자리에서 일어나 가지고 온 선물 중에서 제일 좋은 옷과 차를 꺼내 촌장에게 주었다. 촌장은 그것을 받아들고 윗자리에 앉았다. 바시키르 인들이 그에게 지금까지의 일을 이야기해 주었다. 촌장은 주의 깊게 듣고 있다가 조용히 하라는 뜻으로 사람들을 향해 고개를 끄덕여 보이고는 러시아 어로 바흠에게 말했다.

"좋습니다. 어디든 당신이 원하시는 땅을 가지십시오. 여긴 땅이 얼마든지 있으니까요."

바흠은 생각했다.

'마침내 내가 원하는 만큼의 땅을 가질 수 있게 됐어! 이런 일일수록 빨리 결정을 내려야지. 땅을 차지하라고는 했지만 곧 다시 빼앗지 않는다는 보장은 없으니까.'

"친절하게 말씀해 주셔서 감사합니다. 여긴 정말 땅이 넓군요. 하지만 제게 필요한 건 그저 얼마간의 땅입니다. 다만 어느 것이 제 땅인지, 그 점을 분명히 해두고 싶군요. 하느님께서도 생명을 주셨다가는 곧 거두어 가시지요. 당신들은 좋은 분들이니까 제게 땅을 주겠다고 하시지만 언젠가 당신들의 후손이 땅을 도로 빼앗아갈는지도 모를 일 아닙니까?"

"옳은 말씀이오. 그렇게 해드리지요."

촌장이 말했다. 바흠은 다시 입을 열었다.

"일전에 당신들은 한 상인에게 땅을 팔면서 등기 증서를 만들어 주셨다지요. 제게도 그와 같이 해주시면 고맙겠습니다."

촌장은 바흠의 말을 받아들였다.

"그건 어렵지 않은 일입니다. 여기도 서기가 있으니까 시내로 나가 정식으로 증서를 작성하도록 하시지요."

"땅값은 어떻게 되나요?"

바흠이 물었다.

"가격은 일정합니다. 하루당 1,000루블이지요."

바흠은 그 말뜻을 이해할 수 없었다.

"하루당이라면 몇 데샤티나를 말하는 겁니까?"

촌장이 말했다.

"우리는 그런 식으로 계산하지 않습니다. 언제나 하루치로 계산을 해서 땅을 팔지요. 하루 동안에 당신이 돌아보는 곳 전부가 당신의 땅이라는 뜻입니다. 그 하루당 가격이 1,000루블이지요."

바흠은 깜짝 놀라서 말했다.

"하루 종일 돌아본다면 상당히 넓은 땅이 될 텐데요."

그 말을 듣고 촌장은 웃으면서 대꾸했다.

"어쨌든 그 전부가 당신의 땅이 되는 것입니다. 다만 거기에는 한 가지 조건이 따르지요. 해 지기 전까지 출발한 장소로 되돌아오지 못하면 당신은 땅도 갖지 못하고 돈을 되돌려 받을 수도 없다는 것입니다."

"제가 돌아본 땅을 어떻게 표시하지요?"

바흠이 물었다.

"당신이 마음에 들어하는 곳에 우리가 같이 가서 서 있을 겁니다. 당신은 거기서 출발해서 한 바퀴 돌아오면 됩니다. 갈 때 괭이 하나를 가지고 가서 적당한 곳에 표시를 해두십시오. 구부러지는 지점에 구멍을 파고 잔디나 한 덩이씩 던져두면 충분합니다. 나중에 구멍과 구멍을 서로 연결하면 되니까요. 어떤 식으로 돌아오든 그건 당신의 자윱니다. 다만 해 지기 전까지는 반드시 돌아와야 한다는 걸 잊지 마십시오. 그렇게 해서 원 안에 들어간 땅은 모두 당신의 소유가 되는 것입니다."

바흠은 뛸 듯이 기뻤다. 그들은 다음날 아침 일찍 출발하기로 하고, 다시 이런저런 이야기를 나누며 양고기를 먹고 술을 마셨다. 그러는 동안 날이 저물었다. 사람들은 바흠을 위해 포근한 털이부자리를 마련해 준 다음 각자의 텐트로 돌아갔다. 그들은 다음날 아침 해뜰 무렵에 출발 지점에 모이기로 약속했다.

7

바흠은 자리에 누웠다. 그러나 땅에 관한 생각 때문에 좀처럼 잠을 이룰 수가 없었다.

'할 수 있는 한 멀리 돌아와야지. 하루에 50베르스타는 충분히 걸을 수 있으니까. 둘레가 50베르스타라면 굉장한 땅 아닌가? 그중 신통치 않은 부분은 팔거나 농부들에게 빌려주면 될 거야. 제일 좋은 땅을 골라 거기 정착해야지. 황소 두 마리가 끄는 쟁기를 사고 일꾼도 두 명 정도는 필요할 거야. 50데샤티나 정도만 농사를 짓고 나머지는 가축을 놓아 먹일 목초지로 삼아야지.'

바흠은 밤새도록 잠을 이루지 못하다가 새벽녘에 깜빡 졸았다. 잠에 빠지자마자 꿈을 꾸었는데, 그는 텐트 안에 드러누운 채 누군가가 마차 밖에서 낄낄거리는 소리에 귀를 기울이고 있었다. 그는 웃는 사람이 누군지 궁금해서 자리에서 일어나 밖으로 나갔다. 바시키르 인들의 촌장이 마차 바깥에 주저앉아 무엇이 우스운지 배를 움켜쥔 채 낄낄대고 있었다. 그는 촌장에게 다가가서 물었다.

"무슨 일로 그렇게 웃고 계십니까?"

그런데 다시 보니 그는 촌장이 아니라 언젠가 자기 집에 들러 이곳의 땅 이야기를 해준 그 장사치였다.

"아니, 언제부터 여기 와 있었소?"

바흠이 말을 건넨 순간, 장사치는 어느새 볼가 강 부근에서 일했다던 그 농부의 모습으로 변해 있었다. 그러나 다시 살펴보니 농부의 모습은 간 데 없고 뿔 달린 악마 하나가 그곳에 앉아 낄낄거리며 웃고 있었다. 그 앞에는 속옷 바람에 맨발인 사내 하나가 쓰러져 있었다. 바흠은 조심스럽게 사내를 살펴보았다. 사내는 이미 죽어 있었는데, 놀랍게도 그는 다름 아닌 바흠 자신이었다. 바흠은 깜짝 놀라 눈을 번쩍 떴다. 그것은 꿈이었다.

"뭐 이런 꿈이 있담?"

중얼거리며 열린 문틈으로 밖을 내다보니 벌써 날이 밝아오고 있었다.

"출발할 시간이군. 사람들을 깨워야겠어."

바흠은 자리에서 일어나 자고 있는 일꾼을 깨워 출발 준비를 하라고 이른 후 자신은 바시키르 인들을 깨우러 갔다.

"일어나세요. 땅을 정하러 나갈 시간이 됐습니다."

바시키르 인들이 일어나 하나둘씩 모여들었다. 조금 있자니 촌장도 왔다. 바시키르 인들은 언제나처럼 마유주를 마시는 것으로 하루를 시작했다. 그들은 바흠이 자기들에게 차를 대접해 주기를 원했지만 바흠으로서는 그렇게 한가히 앉아 있을 시간이 없었다. 그는 말했다.

"서두릅시다. 출발할 시간이 됐습니다."

8

바시키르 인들은 말이나 마차를 타고 출발했다. 바흠은 괭이를 준비해 가지고 자기가 데리고 온 일꾼과 함께 자신의 마차를 타고 떠났다. 초원으로 나가자 날이 밝았다. 일행은 바시키르 말로 '시칸' 이라 불리는 작은 언덕에 도착했다. 사람들은 각자 타고 온 말이나 마차에서 내려 한곳에 모였다. 촌장이 바흠에게 다가와 손으로 초원을 가리켜 보이면서 말했다.

"지금 보시는 모든 땅이 우리의 소유입니다. 그러니 마음대로 좋은 곳을 고르십시오."

바흠의 두 눈은 활활 타올랐다. 눈앞에 펼쳐진 땅은 온통 무성한 풀로 덮여 있었고 손바닥처럼 평평하며 거무스름했다. 음푹한 곳에는 사람의 가슴에 닿을 정도로 키가 큰 풀들이 빽빽이 우거져 있었다.

촌장이 여우털 모자를 벗어 땅바닥에 내려놓으며 말했다.

"여기가 출발점입니다. 이곳에서 출발해서 이곳으로 돌아오십시오. 당신이 돌아온 곳은 모두 당신의 땅이 되는 것입니다."

바흠은 돈을 꺼내 그 모자 속에 넣었다. 그리고 카프턴(*띠가 달린 긴 웃옷)을 벗고 조끼 바람에 가죽띠로 단단하게 배를 졸라매었다. 빵이 든 작은 주머니는 목에 걸고 물병은 허리띠에 묶고 각반을 단단하게 조인 다음 일꾼에게서 괭이를 받아드는 것으로 출발 준비는 끝났다.

그는 어느 쪽으로 가는 게 좋을지 곰곰이 생각했다. 어느 쪽이나 다 좋은 땅이었으므로 어디로 가든 마찬가지였다. 그는 동쪽을 향해 가볍게 제자리걸음을 하면서 해가 떠오르기를 기다렸다.

'절대로 시간을 낭비해선 안 돼. 오전 중의 선선한 시간에 많이 걸어 두어야지.'

이윽고 지평선 위로 해가 떠오르자 바흠은 괭이를 둘러메고 초원을 향해 걷기 시작했다. 그는 빠르지도 느리지도 않은 속도로 걸었다. 1베르스타쯤 가서 걸음을 멈추고 괭이로 작은 구덩이를 판 다음 그 안에 잔디를 넣어 금방 알아 볼 수 있도록 표시를 했다.

그는 다시 앞으로 나아갔다. 발걸음은 점점 더 빨라졌다. 가다가 작은 구덩이를 파고 또 가다가 구덩이를 파고 하면서 그는 쉬지 않고 걸었다.

한참 가다가 바흠은 뒤를 돌아보았다. 햇볕 아래 시칸 언덕이 또렷이 바라보였다. 그 위에 모여 서 있는 사람들의 모습이 보였고, 쇠로 만든 마차 바퀴가 햇살을 받아 번쩍이는 것도 보였다. 그는 이제 5베르스타쯤 걸었을 것이라고 생각했다. 날이 상당히 더워졌으므로 그는 조끼를 벗어 어깨에 둘러메고 다시 걸음을 재촉했다. 날씨는 점점 더 무더워졌다. 그는 태양을 올려다보았다. 벌써 아침식사를 할 시간이었다.

"4분의 1은 걸은 셈이군. 하지만 방향을 돌려잡기는 아직 좀 이른 감이 드는걸. 장화나 벗고 조금 더 걸어야지."

그는 장화를 벗어 허리띠에 매달고 계속 걸었다. 신발을 벗으니 걷기가 한결 수월했다. 그는 중얼거렸다.

"이대로 5베르스타만 더 가서 왼쪽으로 돌아가야지. 여기 땅은 정말 훌륭한데. 이런 땅을 포기하기는 너무 아깝단 말이야."

앞으로 나아갈수록 땅은 점점 더 좋아졌다. 그래서 그는 방향을 바꾸지 못하고 계속해서 걸어갔다. 한참을 가다가 뒤를 돌아보니 이제는 시칸 언덕이 거의 보이지 않았다. 사람들은 개미만 한 검은 점으로 보였고, 무엇인가 보일 듯 말 듯 반짝거렸다.

"됐어. 이쪽은 이 정도면 충분하겠지. 이쯤에서 방향을 돌려볼까. 이런, 땀을 너무 많이 흘렸군. 물을 좀 마셔야지."

바흠은 걸음을 멈추고 구덩이를 파서 잔디를 넣은 다음 물통 뚜껑을 열어 물을 마셨다. 그리고는 왼쪽으로 방향을 꺾어 다시 걷기 시작했다. 그는 걷고 또 걸었다. 풀은 점점 더 무성해지고 날씨는 더욱 무더워졌다. 그는 피곤함을 느끼기 시작했다. 태양을 올려다보니 그새 점심 때였다.

"좋아. 조금 쉬었다 가자."

그는 땅바닥에 주저앉았다. 그러나 누울 생각은 없었다.

"누웠다간 그대로 잠들어 버릴지도 모르니까."

잠시 앉았다가 그는 또다시 걷기 시작했다. 아까보단 걷기가 조금 나아진 것 같았다. 점심을 먹은 덕분에 기력이 어느 정도 회복된 탓이었다. 그러나 이제 날은 점점 더 무더워지고 있었다. 어느덧 해가 기울기 시작했다. 그러나 그는 걸음을 멈추지 않았다.

"한 시간만 더 견디자. 그걸로 평생의 이득을 버는 셈이니까."

그는 계속해서 같은 방향으로 걸어갔다. 그러다가 마침내 왼쪽으로 돌아야겠다고 생각한 순간, 눈앞에 촉촉한 저지대가 나타났다. 그 땅을 버리기는 너무 아깝다는 생각이 들었으므로, 그는 계속 앞으로 나아갔다. 이윽고 그 땅의 가장자리에 이르러서야 그는 구멍을 파서 표시를 한 다음 두 번째로 방향을 틀었다.

바흠은 시칸 언덕 쪽을 돌아보았다. 땅에서 피어오른 열기 때문에 아른거리는 대기 속으로 저 멀리 시칸 언덕 위의 사람들은 거의 보이지 않았다.

"좋아. 이쪽은 충분히 잡았으니 이번엔 좀 짧게 잡아야지."

그는 세 번째 방향을 향해 걸음을 재촉했다. 해는 벌써 서쪽으로 떨어져가고 있었다. 세 번째로 방향을 꺾은 후 겨우 2베르스타밖에 걷지 못한 상태였다. 출발점까지는 아직 15베르스타나 남아 있었다.

"안 되겠어. 땅이 반듯하지 않더라도 곧장 서둘러서 돌아가야지. 더 욕심을 부려서는 안 돼. 이만해도 굉장한 땅을 가지게 된 거니까."

바흠은 급히 구덩이를 파고 곧바로 시칸 언덕을 향해 걷기 시작했다.

9

시칸 언덕을 향해 걸어가는 바흠은 이미 지칠 대로 지친 상태였다. 몸은 땀으로 뒤범벅이 되었고, 다리는 상처투성이였으며, 기운이 다 빠져 발을 떼기조차 힘들었다. 잠시라도 걸음을 멈추고 숨을 돌리고 싶었으나 그럴 수는 없었다. 부지런히 걸어도 해

지기 전에 도착할까 말까 였다. 태양은 잠시도 기다려 주지 않고 뉘엿뉘엿 넘어가고 있었다.

"아아, 내가 잘못한 게 아닐까? 너무 욕심을 부린 것이 아닐까? 시간에 대지 못하면 어떡한담?"

그는 혼자 중얼거리며 시칸 언덕을 바라보았다. 지는 햇살 아래 언덕이 희미하게 바라보였다. 갈 길은 아직 멀었는데 해는 벌써 지평선 위에까지 내려와 있었다.

바흠은 더욱 서둘렀다. 금방이라도 쓰러질 것처럼 피곤했지만 걸음을 늦추지 않고 길을 재촉했다. 그는 걷고 또 걸었다. 그러나 언덕까지는 여전히 멀기만 했다. 그는 조끼와 장화와 물통을 벗어던지고 괭이를 지팡이 삼아 걸었다.

그는 다시 혼잣말을 중얼거렸다.

"아아, 내가 너무 욕심을 부렸어. 욕심 때문에 일을 망친 거야. 해 지기 전에 저곳까지 간다는 건 도저히 불가능해."

이런 생각을 하자 숨이 더욱 가빠왔다. 그는 달렸다. 땀에 젖은 옷이 몸에 찰싹 달라붙었고, 입안은 바싹바싹 타들어갔다. 가슴은 대장간의 풀무처럼 부풀어오르고 심장은 망치질하듯 두근거렸으며 다리는 자신의 것이 아닌 것처럼 흐느적대는 것이 당장이라도 쓰러질 것만 같았다.

"이러다가 죽어 버리기라도 한다면……."

바흠은 두려웠다. 그렇다고 걸음을 멈출 수도 없었다.

"그렇게 달려왔는데 여기서 멈춰 버린다면 다들 나를 바보라고 하겠지."

그는 달리고 또 달렸다. 이제 목적지까지 얼마 남지 않은 것 같았다. 바시키르 인들이 외치는 소리가 들렸다. 그들의 고함 소리를 듣자 그의 심장의 고동은 더욱 격렬해졌다. 바흠은 젖먹던 힘까지 다하여 계속 달렸다. 태양은 이미 지평선에 기울어 안개 속으로 얼굴을 감추고, 핏빛의 거대한 구슬 같은 빛덩어리로만 남아 있었다. 바야흐로 해가 넘어가려는 찰나였다.

이제 출발점은 손을 뻗으면 잡힐 듯이 가깝게 보였다. 사람들이 언덕 위에 서서 그를 향해 손을 흔들고 있는 것이 보였다. 그는 땅바닥에 놓인 여우털 모자와 그 안에 들어 있는 돈까지 볼 수 있었다. 두 손으로 배를 움켜잡고 땅바닥에 앉아 있는 촌장의 모습도 눈에 들어왔다.

바흠은 새벽녘의 꿈을 떠올렸다.

"많은 땅을 차지했지만 하느님은 내가 그 땅에서 사는 걸 허락해 주시지 않을 모양이야. 아아, 나는 스스로를 파멸시켰어. 도저히, 도저히 저기까지 갈 수 없을 것 같아."

바흠은 태양을 힐끗 올려다보았다. 해는 이미 땅 속으로 들어가 형체가 보이지 않았고 마지막 둥그스름한 부분마저 이내 지평선 너머로 사라지고 말았다. 바흠은 안간힘을 쓰며 양발을 번갈아 내디뎠다. 몸은 이미 앞으로 기울어지고 있었으나 두 다리가

겨우 쓰러지는 것을 막아주고 있었다.

마침내 그는 시칸 언덕에 도착했다. 바로 그 순간, 주위가 갑자기 어두워졌다. 그는 해가 완전히 사라졌음을 알았다. 바흠은 신음 소리를 냈다.

'모든 것이 헛일이 되고 말았구나.'

그가 포기하고 멈춰 서려는 순간, 바시키르 인들이 외치는 소리가 들렸다. 그가 서 있는 곳에서 보면 해가 진 것 같지만 언덕 위에는 아직 햇살이 남아 있었던 것이다.

그는 정신을 가다듬어 시칸 언덕 위로 달려 올라갔다. 그 작은 언덕 위에는 아직도 빛이 비치고 있었다. 바흠은 모자가 놓여 있는 곳으로 달려갔다. 모자 앞에는 촌장이 배를 움켜잡고 웃으며 앉아 있었다.

바흠은 새벽에 꾸었던 꿈을 떠올리며 신음을 토했다.

"아아!"

그는 더 이상 버티지 못하고 앞으로 털썩 쓰러지면서 모자를 향해 손을 뻗었다. 촌장이 소리쳤다.

"참으로 훌륭하오! 당신은 정말 좋은 땅을 차지했소."

바흠의 일꾼이 달려들어 주인을 부축하려 했다. 그러나 바흠의 입에서는 피가 쏟아졌다. 그는 마침내 숨을 거둔 것이었다. 바시키르 인들은 안됐다는 듯 혀를 끌끌 찼다.

일꾼이 괭이를 들어 바흠을 위해 구덩이를 팠다. 그 구덩이의 길이는 바흠의 머리끝에서 발끝까지의 키와 같은 3아르신(*약 2미터)에 불과했으며, 바흠은 거기에 묻혔다.

슬기로운 소녀

"누구든 어린아이와 같이 되지 않고서는 천국에 들어갈 수 없으리라."

부활절이 얼마 남지 않은 이른봄이었다. 썰매를 타고 다닐 만큼은 아니지만 그래도 산과 들 여기저기엔 아직 희끗희끗한 잔설이 남아 있고, 마을에는 군데군데 눈 녹은 물이 흘러내리고 있었다. 두 채의 집 사이에 있는 공터에도 두엄더미에서 흘러내린 물이 커다란 웅덩이를 이루고 있었다.

여자아이 둘이 그 웅덩이 옆에 모여 있었다. 한 아이는 어렸고, 또 한 아이는 그보다 약간 나이 들어 보였다. 두 소녀 모두 엄마가 만들어준 새 옷을 입고 있었다. 작은 여자아이의 옷은 감색이었고, 나이 든 여자아이가 입고 있는 옷은 꽃무늬가 수놓인 노란색이었다. 두 아이 모두 머리에는 빨간 수건을 쓰고 있었다.

여자아이들은 기도를 드리고 난 뒤 새 옷 자랑을 하고 싶어 웅덩이가로 나온 참이었다. 서로 옷 자랑을 하며 놀던 아이들은 갑자기 물장난이 하고 싶어졌다. 작은 아이가 먼저 구두를 신은 채 웅덩이에 들어서려 했다. 그러자 큰 아이가 말했다.

"그대로 들어가면 안 돼, 마라샤! 엄마한테 야단맞을걸? 난 구두를 벗을 테야. 너도 벗으렴."

여자아이들은 구두를 벗고 옷을 치켜올린 다음 양쪽에서 서로 마주보며 웅덩이 속으로 걸어들어갔다.

복사뼈가 물에 잠기자 마라샤가 말했다.

"물이 깊은걸. 아크리샤, 난 무서워."

"괜찮아. 깊어봤자 그 정도밖에는 안 돼. 이쪽으로 건너와봐."

두 소녀는 서로에게 점점 가까이 다가갔다.

아크리샤가 말했다.

"마라샤, 조심해. 물이 튀지 않도록."

그러나 바로 그렇게 말한 순간 마라샤가 첨벙 하고 물을 밟는 바람에 아크리샤의 새 옷에 온통 흙탕물이 튀었다. 옷은 흠뻑 젖었고, 아크리샤의 눈이며 코에도 물방울이 맺혔다. 옷이 흙탕물 투성이가 된 걸 본 아크리샤는 화가 나서 마라샤에게 욕설을 퍼부으며 달려들었다. 마라샤는 놀라서 뒤로 물러섰으나 자기가 큰 잘못을 저질렀다는 걸 알고는, 웅덩이에서 뛰쳐나가 집으로 달아나기 시작했다. 그때 아크리샤의 엄마가 그 옆을 지나가다가 딸아이의 옷이 물에 젖어 더러워진 것을 보았다.

"어디서 이랬니?"

"마라샤가 그랬어요. 마라샤가 일부러 내 옷에 흙탕물을 뿌린 거예요."

아크리샤의 엄마는 달아나는 마라샤를 붙들고는 따귀를 철썩 철썩 때렸다. 그러자 마라샤는 동네가 떠나갈 정도의 큰소리로 울기 시작했다. 그 소리를 들은 마라샤의 엄마가 달려나왔다.

"무슨 일로 남의 애를 그렇게 마구 때리는 거죠?"

마라샤의 엄마가 아크리샤의 엄마에게 대들었다. 두 여자는 서로 질세라 목청을 높이며 마구 욕설을 퍼부었다. 싸우는 소리를 듣고 이웃들이 몰려나와 거리는 금방 사람들로 가득 찼다.

모여든 사람들이 저마다 자기 생각을 말하느라 떠들어대는 통에 누가 무슨 얘기를 하고 있는지 한 마디도 알아들을 수 없을 지경이었다. 자칫하다가는 모여든 사람들 사이에 또 다른 싸움이 벌어질 판이었다. 그때 아크리샤의 할머니가 사람들 사이를 비집고 가운데로 들어서서 두 여자를 타이르기 시작했다.

"이것 봐, 도대체 왜들 이러는 거야? 하필이면 오늘 같은 날 이렇게 싸움질을 해서야 되겠어? 이웃끼리 기쁨을 나누고 축하하며 보내야 할 좋은 날에 이런 죄를 짓다니……."

그러나 아무도 노파의 말에 귀를 기울이지 않았다. 사태는 오히려 악화되어 금방이라도 상대방을 후려칠 듯이 분위기가 험악해졌다. 아크리샤와 마라샤가 아니었더라면 노파가 아무리 애를 써도 싸움을 뜯어말릴 수는 없었을 것이다.

두 여자가 악다구니를 쓰며 서로 뒤엉켜 있을 때 갑자기 아크리샤가 공터에 있는 웅덩이로 걸어가더니 흙탕물에 옷이 젖는 것도 아랑곳하지 않고 작은 돌멩이 하나를 집어 웅덩이 옆의 흙을 파기 시작했다. 웅덩이의 물이 거리로 흘러넘쳤다. 그러자 마라샤도 다가가 함께 흙을 파기 시작했다.

물길이 점점 넓어지면서 흘러넘친 흙탕물이 서로 뒤엉켜 엎치락뒤치락하고 있는 두 여자와 싸움을 뜯어말리느라 쩔쩔매고 있는 노파가 서 있는 지점에 이르렀다. 그러자 소녀들은 쪼그리고 앉아 있던 자리에서 일어나 하나는 물 이쪽으로, 하나는 저쪽으로 나뉘어 물길을 따라서 달려왔다.

"싸움을 말려, 마라샤! 싸움을 말리라구!"

아크리샤가 소리쳤다. 마라샤도 뭐라고 말을 하려 했으나, 터져나오는 웃음을 참느라 입을 열기가 힘든 표정이었다. 두 소녀는 웅덩이에 떠 있던 나무토막이 물길을 따라 흔들리면서 떠내려가는 것을 보고 깔깔거리며 달려오다가 갑자기 몰려 서 있는 사람들 사이로 뛰어들어갔다.

그것을 본 노파가 싸우고 있는 여자들에게 말했다.

"자네들도 하느님 무서운 줄을 알라구! 알 것 다 알 만한 어른들이 애들 일로 싸움을 하다니. 저길 봐, 애들은 벌써 조금 전의 일 같은 건 깨끗이 잊어버리고 저렇듯 사이좋게 놀고 있잖아. 자네들보단 저 애들이 훨씬 현명한 것 같구먼."

여자들도 아이들 쪽을 바라보았다. 그러자 갑자기 부끄러운 생각이 들면서 대수롭잖은 일로 싸움질을 한 자신들의 행동이 어처구니없게 느껴져, 싱겁게 쳐다보며 웃고는 각자 집으로 돌아가 버렸다.

그러므로 이런 말이 있다.

"누구든 어린아이와 같이 되지 않고서는 천국에 들어갈 수 없으리라."

세 가지 의문

"잘 기억해 두길 바라오. 가장 적당한 시기란 오로지 '지금 이 순간' 뿐이라는 것을. 그것은 지금이라는 시간만이 우리 인간을 통제할 수 있기 때문이오. 그리고 가장 필요한 사람은 '지금 당신 앞에 있는 바로 그 사람' 이라는 걸 명심하시오. 사람이 언제 어떻게 또 다른 누군가를 만나게 될지는 아무도 알 수 없는 일이기 때문이지요. 마지막으로 가장 중요한 일이란 '타인에게 선행을 베푸는 일' 이오. 오직 그것만이 인간이 세상에 태어나 살아가는 의미이기 때문이지요."

어떤 왕이 있었다. 어느 날 그는 문득 다음과 같은 생각들을 하게 되었다. 무슨 일을 하는 데 있어서 언제 시작하는 것이 좋은가, 누구와 더불어 하는 것이 좋고 누구와 더불어 하는 것이 좋지 않은가, 그리고 무엇이 가장 중요한 일인가. 이 세 가지만 미리 알 수 있다면 어떤 일을 하든 절대로 실패하지 않을 것이 아닌가.

그래서 왕은 전국에 포고령을 내려 무슨 일을 하는 데 있어 가장 적합한 때는 언제인가, 가장 필요한 사람은 누구인가, 가장 중요한 일은 무엇인가를 알려주는 사람에게 후한상을 내리겠다고 발표했다.

그러자 수많은 학자들이 몰려와 다투어 자신의 생각을 말했다. 첫 번째 질문에 대해 어느 학자는 다음과 같은 견해를 밝혔다. 무슨 일을 하는 데 가장 적절한 시기를 알기 위해서는 미리 날짜를 기록한 일정표를 만들어 모든 것을 표에 따라 엄격하게 시행할 필요가 있다. 그렇게만 한다면 어떤 일이든 시기를 놓치지 않고 적절하게 행할 수 있다.

두 번째 학자는 이런 의견을 내놓았다. 어떤 일을 언제 할 것이냐 하는 문제를 미리 결정한다는 것은 불가능하다. 그러므로 가능하지도 않은 문제에 매달려 시간을 낭비하기보다는 일어나는 일에 주의를 게을리하지 않으면서 그때그때 요구되는 상황에 최선을 다하는 것이 보다 현명한 방법이다.

세 번째 학자도 자신의 의견을 말했다. 그때그때 닥치는 상황에 대해 왕 혼자서 아무리 주의를 기울이더라도, 언제 무슨 일을 할 것이냐를 항상 정확하게 판단해서 결정한다는 것은 한 사람의 힘으로는 불가능하다. 그러므로 평소 현명한 사람들을 곁에 두고 그들의 조언을 받아들여 매사를 결정할 필요가 있다.

네 번째 학자가 말했다. 이렇게 바쁜 세상에 매사를 고문에게 물어 결정한다는 것은 시간 낭비다. 그보다는 일을 시작하는 데

적절한 때를 즉각 결정하지 않으면 안 되는 다급한 상황을 맞이하여 당황하지 않도록 언제 무슨 일이 일어날지를 미리 알아두는 것이 좋다. 그것을 알 수 있는 사람은 점쟁이뿐이다. 그런즉 모든 일의 가장 적절한 시기를 알기 위해서는 점쟁이를 가까이 둘 필요가 있다.

두 번째 질문에 대해서도 여러 가지 의견이 제시되었다. 어떤 이는 왕에게 가장 필요한 사람은 정책적으로 왕을 보좌 할 수 있는 정치가라고 말했고, 또 어떤 이는 왕의 건강을 돌봐줄 의사라고 말했다. 뭐니뭐니 해도 왕에게 가장 필요한 사람은 군인이라고 주장하는 이도 있었다.

세 번째 질문에 대해 어떤 사람은 이 세상에서 가장 중요한 것은 학문이라고 대답했다. 또 어떤 사람은 전술이라고 말했고, 또 다른 사람은 세상의 그 무엇보다 중요한 것이 사람의 정신이라고 주장했다.

이처럼 사람들의 대답이 제각각 달랐으므로 왕은 그 어떤 의견도 받아들이지 않고, 누구에게도 상을 내리지 않았다. 대신 그는 자신의 의문에 대한 확실한 답을 얻기 위해서 지혜롭기로 이름난 어떤 현자를 찾아가 보기로 마음먹었다.

그 현자는 깊은 숲 속에 살면서 바깥세상엔 일체 나가지 않고, 서민들 이외에는 누구도 만나지 않았다. 그래서 왕은 수수한 옷을 차려입고 호위하는 병사들도 중간에서 기다리게 하고는, 말에서 내려 현자의 거처가 있는 곳까지 혼자 걸어갔다.

왕이 숲 가까이 이르렀을 때 현자는 마침 자신의 거처 앞에 있는 밭을 갈고 있었다. 왕을 보고도 가벼운 인사를 보냈을 뿐 그는 밭을 가는 일에만 몰두했다. 나뭇가지처럼 여윈 몸으로 가래질을 하기가 몹시 힘이 드는 듯 그는 숨을 가쁘게 몰아쉬고 있었다.

왕이 다가가서 말했다.

"현명한 분이시여, 저는 세 가지 의문이 있어 당신에게서 그 답을 구하고자 찾아왔습니다. 제가 알고 싶은 것은 첫째, 어떤 일을 행함에 있어 후회를 남기지 않으려면 어떤 시기를 택해서 해야 하며, 또한 어떻게 해야 그 시기를 놓치지 않을 수 있는가, 둘째, 그 일을 하는 데 가장 필요한 사람은 누구인가, 어떤 사람과 같이 일을 해야 하고 어떤 사람과는 더불어 일하지 말아야 하는가, 셋째, 가장 중요한 일은 무엇이며, 모든 일 가운데서 무엇을 다른 일보다 먼저 해야 하는가, 대략 이런 것들입니다."

현자는 왕의 이야기에 대해 이렇다저렇다 말이 없이 손바닥에 탁 소리가 나게 침을 뱉더니 가래질을 하기 시작했다.

"몹시 힘들어 보이는군요. 가래를 이리 주십시오. 제가 조금 도와드리지요."

왕이 말했다.

"고맙소."

현자는 왕에게 가래를 넘겨주고 밭 가장자리에 털썩 주저 앉았다.

왕은 밭을 두 이랑쯤 갈고 나서 일손을 멈추고 아까 했던 질문을 되풀이해 보았다. 그러나 현자는 그 물음에 대해서는 여전히 입을 다문 채 자리에서 일어나더니 가래를 달라는 뜻으로 손을 내밀었다.

"이제 내가 할 테니 당신이 쉬시오."

현자가 말했다. 그러나 왕은 가래를 돌려주지 않고 일을 계속했다. 한 시간이 지나고 두 시간이 지나 어느덧 서산 너머로 뉘엿뉘엿 해가 지기 시작했다. 왕은 가래를 땅에 꽂고 다시 물었다.

"현명한 분이시여, 저는 지혜를 얻고자 당신을 찾아왔습니다. 만일 당신이 제 질문에 답해 주실 수 없다면 그렇다고 말씀해 주십시오. 이제 그만 돌아가봐야 할 때가 된 것 같습니다."

그때 현자가 말했다.

"누군가 이쪽으로 달려오고 있는데…… 도대체 누굴까?"

왕이 뒤를 돌아보니 정말 한 사나이가 이쪽을 향해 급히 달려오고 있었다. 사나이는 두 손으로 배를 움켜쥐고 있었는데, 손 아래로 붉은 피가 철철 흘러내리고 있었다. 왕이 서 있는 곳까지 달려오더니 그는 땅바닥에 쓰러져 그대로 정신을 잃고 말았다. 그리고는 입술 사이로 간간이 희미한 신음 소리를 내뱉을 뿐 죽은 듯이 움직이지 않았다.

왕은 현자와 함께 사나이의 옷을 풀어헤쳤다. 사나이의 배에는 큰 상처가 나 있었다. 왕은 조심스럽게 피를 씻어내고 자신의 손수건과 현자의 손수건을 묶어 상처를 싸매주었다. 그러나 피가 계속해서 흘렀으므로 왕은 뜨거운 피에 흠뻑 젖은 손수건을 몇 번이고 깨끗이 씻어 다시 상처를 싸매주곤 했다.

간신히 피가 멎었을 때쯤 마침내 정신을 차린 사나이가 물을 마시고 싶다고 말했다. 왕은 맑은 물을 떠다가 사나이에게 먹여 주었다.

그러는 동안 해는 완전히 넘어가고 날씨가 선선해졌다. 왕은 현자를 도와 사나이를 현자의 처소로 옮긴 다음 침상에 뉘었다. 그리고 나서 그도 곧 잠이 들었다. 중간에 한 번 깨는 일도 없이 짧은 여름밤을 달게 잔 왕은 아침이 되어서야 겨우 눈을 떴다. 그는 어리둥절한 기분으로 주위를 둘러보았다. 도대체 자신이 어디에 있는지, 그리고 침대 위에 누운 채 번뜩이는 눈으로 자신을 뚫어져라 쳐다보고 있는 저 기이한 털보 사나이는 누군지 도무지

알 수가 없었다.

"부디 저를 용서해 주십시오."

왕이 눈을 뜨고 자신을 바라보고 있다는 것을 깨달은 털보 사나이가 힘없는 목소리로 말했다.

"나야 그대가 누군지도 모르니 그대를 용서하고 말고 할 일도 없지 않겠나?"

왕이 말했다.

"당신께서는 저를 모르시지만 저는 당신을 잘 알고 있습니다. 저는 당신의 원수입니다. 당신의 손에 형제들이 죽임을 당하고 재산까지 몰수된 뒤, 저는 언제든 기어이 당신에게 복수를 하고야 말리라고 호시탐탐 기회를 노려 왔습니다. 마침 오늘 당신이 혼자서 현자를 찾아 나섰다는 사실을 알고 저는 길목을 지키고 있다가 돌아가는 당신을 죽이기로 결심했습니다. 그러나 하루 종일 기다려도 당신은 나타나지 않았습니다. 저는 당신이 어디 있는지 알아보기 위해 숨어 있던 장소에서 나왔다가 당신의 호위병에게 발각되고 말았습니다. 그들은 저를 보자 사정없이 칼을 휘둘렀습니다. 그래서 이렇게 상처를 입고 이곳으로 도망쳐 온 것입니다. 만일 당신께서 제 상처를 치료해 주시지 않았더라면 저는 피를 흘리며 죽어갈 수밖에 없었을 것입니다. 당신은 바로 당신을 죽이려했던 원수의 목숨을 구해 주신 것입니다. 오늘 이후 제 목숨이 계속 붙어 있다면, 그리고 당신께서 허락해 주신다면,

저는 가장 충실한 종으로서 죽는 날까지 당신을 섬길 것이며, 제 자식들에게도 그렇게 하도록 시키겠습니다. 모쪼록 저를 용서해 주십시오."

왕은 뜻하지 않게 원수와 화해하게 된 것을 기뻐하며 기꺼이 그를 용서했을 뿐 아니라, 몰수했던 재산을 돌려주고 시종과 의사를 보내 상처를 치료해 주겠다고까지 약속했다.

사나이와 이야기를 끝낸 왕은 현자를 찾아 문간으로 나갔다. 떠나기 전에 마지막으로 다시 한 번 현자를 만나 자신의 질문에 대한 답을 듣고자 했던 것이다. 현자는 전날 갈아놓은 밭에다 배추씨를 뿌리고 있었다. 왕은 그 옆으로 다가가 말을 건넸다.

"현명한 분이시여, 부디 제 질문에 답해 주시기를 마지막으로 다시 한 번 간청합니다."

"그 대답은 이미 끝난 것 같소이다 그려."

현자가 바짝 마른 종아리를 구부리고 땅바닥에 주저앉더니 왕을 올려다보면서 말했다.

"대답이 끝나다니 무슨 말씀이신지요?"

왕이 물었다.

현자가 입을 열었다.

"무슨 말이냐고 물었소? 그렇다면 들어보시오. 어제 만일 당신이 내가 힘들어 하는 것을 보고 가엾이 여겨 밭 가는 일을 도와주지 않았더라면 당신은 그대로 돌아가다 저 거친 사나이에게 목숨을 잃을 것이 뻔했을 터이고, 그랬다면 당신은 여기 머무르지 않은 것을 후회하게 되었을 거요. 그런즉 가장 적절한 시기는 당신이 나를 도와 가래질을 하고 있을 때였고, 그때 당신에게 가장 중요한 사람은 바로 나였소. 그리고 가장 중요한 일이란 남에게 선행을 베푸는 것이지요.

또한 사나이가 상처를 입고 달려온 일을 가지고 말하자면, 가장 적당한 시기는 당신이 그를 치료해 준 때라 할 수 있소. 만일 그렇지 않았다면 그는 당신과 화해를 하기는커녕 언제고 다시 당신을 죽이려고 했을 것이기 때문이오. 두말할 필요도 없이 그 순간 당신에게 가장 중요한 사람은 저 사나이였고, 가장 중요한 일이란 당신이 그에게 해준 바로 그 일이지요.

그런즉 잘 기억해 두길 바라오. 가장 적당한 시기란 오로지 '지금 이 순간' 뿐이라는 것을. 그것은 지금이라는 시간만이 우리 인간을 통제할 수 있기 때문이오. 그리고 가장 필요한 사람은 '지금 당신 앞에 있는 바로 그 사람' 이라는 걸 명심하시오. 사람이 언제 어떻게 또 다른 누군가를 만나게 될지는 아무도 알 수 없는 일이기 때문이지요. 마지막으로 가장 중요한 일이란 '타인에게 선행을 베푸는 일' 이오. 오직 그것만이 인간이 세상에 태어나 살아가는 의미이기 때문이지요."

작가 연보
(Lev Nikolaevich Tolstoi)

1828년(0세)_8월 28일, 니콜라이 일리이치 톨스토이 백작과 마리야 볼콘스카야와의 사이에서 5남매 중 4남으로 러시아 남부 툴라의 야스나야 폴랴나(영지)에서 출생.

1830년(2세)_어머니 톨스타야 백작부인 사망(여동생 마리야를 낳은 후 산욕으로 사망).

1836년(8세)_집안 전체가 모스크바로 이주함.

1837년(9세)_아버지 니콜라이 일리이치 톨스토이 백작 사망(툴라현의 거리에서 뇌일혈로 급사). 이후 먼 친척인 타티야나 예르골스카야 부인에 의해 5남매가 자람. 큰 고모인 알렉산드리아 오스텐(자켄 백작부인)이 후견인이 됨.

1838년(10세)_할머니 펠랴게야 니콜라예브나 사망.

1841년(13세)_알렉산드리아 오스텐(자켄 백작부인) 사망. 작은고모 펠라게야 일리이치나 유시코바가 새로운 후견인이 됨.

1844년(16세)_9월 20일 카잔대학교 동양어학부에 입학. 투르크어, 페르시아어 전공. 영국 소설가 찰스 디킨스, 프랑스 사상가 장 자크 루소에 깊이 매료되어 있었음.

1845년(17세)_같은 대학교 법학부로 전학.

1847년(19세)_4월 20일 카잔대학교 자퇴. 3월 17일부터 일기를 씀(이

후 이 일기는 톨스토이 연구에 중요한 자료가 됨). 고향인 야스나야 폴랴나로 이주.

1848년(20세)_페테르스부르크 대학의 학사시험에 합격, 법학사의 칭호를 받게 되었다. 그러나 이 해부터 23세인 1851년까지 도박과 주색에 빠져 방탕한 생활을 했다.

1851년(23세)_3월, 톨스토이의 최초 문학작품 〈어제 이야기〉 저술(미완성으로 남음). 5월 맏형 니콜라이를 따라 카프카즈지방(코카서스)으로 감. 이곳에서 포병대에 사관후보생으로 입대하여 산악부족과의 전투에 참여. 틈틈이 창작활동에 전념함.

1852년(24세)_문학잡지 『소브레멘니크(현대인)』에 〈유년시절〉 발표.

1854년(26세)_다뉴브 군으로 전속. 이어 크림반도로 전출. 10월 중 『소브레멘니크』에 〈소년시절〉, 〈러시아 군인 어떻게 죽는가〉 발표.

1855년(27세)_〈당구 계수원의 수기〉, 〈산림벌채〉발표. 세바스토폴 공방전에 참가. 〈12월의 세바스토폴〉 발표, 〈5월의 세바스토폴〉, 〈1855년 3월의 세바스토폴〉 발표. 11월에 페테르부르크로 여행. 이곳에서 문학계의 대대적인 환영을 받음.

1856년(28세)_3월 셋째 형 드미트리 사망. 〈눈보라〉, 〈두 경기병〉, 〈지주의 아침〉 발표. 11월에 전역하여 영지 야스나야 폴랴나로 돌아옴.

1857년(29세)_1월 『소브레멘니크』에 〈청년시절〉 발표. 같은 달 첫 번째 유럽 여행. 행선지는 독일, 프랑스, 이탈리아, 스위스. 여행 중 받은 인상을 〈뤼체른〉에 담음.

1859년(31세)_〈알베르트〉, 〈세 죽음〉, 〈가정의 행복〉 발표. 농민의 아이들을 위해 야스나야 폴랴나에 학교를 세우다. 이후 계속 농촌 어린이 교육에 헌신.

1860년(32세)_맏형 니콜라이 사망.

1861년(33세)_두 번째 유럽 여행. 행선지는 독일, 프랑스, 이탈리아, 벨기에, 영국, 유럽 각국의 교육제도 연구.

1862년(34세)_지주와 농부의 분쟁을 조정하는 치안판사 직무 수행. 9월 모스크바 의사 가정 출신의 소피야 안드레예브나 베르스와 결혼. 이때 신부의 나이 18세. 〈국민교육에 관하여〉, 〈누가 누구에게 관하여 쓰는 것을 배우는가〉 발표.

1863년(35세)_맏아들 세르게이가 태어나다. 교육잡지 『야스나야 폴랴나』 발간. 〈카자크인들〉, 〈폴리쿠시카〉, 〈진보와 교육의 정의〉 발표. 전쟁과 평화를 쓰기 위해 나폴레옹 전쟁시대의 연구시작.

1864년(36세)_맏딸 타치야나가 태어나다. 사냥하다 말에서 떨어져 모스크바에서 수술을 받다(오른손). 《톨스토이 저작집 1, 2》 간행

1866년(38세)_5월, 둘째 아들 일리야가 태어나다.

1868년(40세)_장편소설 〈전쟁과 평화〉 발표.

1869년(41세)_셋째 아들 레프가 태어나다. 쇼펜하우어, 칸트에 열중.

1873년(45세)_가족들 모두를 데리고 사마라 지방으로 가서 빈민구제 사업에 힘을 기울이다. 아카데미 회원이 되다.

1875년(47세)_〈새로운 알파벳〉, 〈러시아 독본〉 발표.

1877년(49세)_장편소설 〈안나 카레리나〉 발표.

1878년(50세)_《안나 카레리나》 단행본으로 출판.

1881년(53세)_모스크바로 이주. 《사람은 무엇으로 사는가》, 《요약복음서》 간행.

1882년(54세)_러시아 정교회에서 탈퇴. 지주생활 청산 선언. 도덕적으로 완전무결한 참된 기독교 지향. 종교성과 윤리성을 강조한 〈참회록〉 저술. 모스크바 빈민굴 인구센서스에 참가. 러시아 사회의 모순을 비판하는 일련의 글 발표.

1884년(56세)_〈나의 신앙의 요체〉에서 러시아 정교회를 신랄하게 비판.

1885년(57세)_헨리 조지의 《토지 국유론》을 읽고 감명을 받아 사유재산을 부정함으로 아내와 대립하다. 결과, 모든 저작권을 아내에게 양도. 〈두 형제와 황금〉, 〈사랑이 있는 곳에 하느님도 있다〉, 〈두 노인〉, 〈바보 이반〉 쓰다.

1886년(58세)_〈러시아 평민을 위한 이야기 저술〉 발표

1888년(60세)_담배를 끊다. 2월에 둘째 아들 일리야 결혼. 막내아들 바니치가 태어나다.

1890년(62세)_〈홀스토메르〉, 〈이반 일리치의 죽음〉, 희곡 〈어둠의 힘〉 발표. 〈크로이체르 소나타〉, 〈악마〉, 희곡 〈교육의 열매〉 발표.

1894년(66세)_흉작으로 대기근에 시달리는 농부들을 돕기 위한 캠페인 조직. 기근에 관한 일련의 글 발표.

1895년(67세)_〈주인과 하인〉 완성. 안톤 체홉이 찾아옴.

1898년(70세)_〈예술이란 무엇인가?〉에서 데카당 사조를 비판하고 국민을 위한 예술 강조. 8월 26일 톨스토이 탄생 70주년 기념 축하회를 열었다.

1899년(71세)_장편소설 〈부활〉 발표.

1900년(72세)_희곡 〈살아 있는 시체〉 발표. 막심 고리키가 찾아옴.

1901년(73세)_2월 러시아 정교로부터 파문 당함. 12월에 건강 악화(크리미아에서 장티푸스와 폐렴으로 중태에 빠지다)로 크림반도에서 요양. 이곳에서 안톤 체홉, 막심 고리키와 만남. 요양 후 야스나야 폴랴나로 이주.

1902년(74세)_8월 6일 문학활동 50주년 기념축하회가 열리다.

1903년(75세)_8월 28일 탄생 75주년 축하회가 열리다. 9월, 〈셰익스피어론〉 집필.

1908년(80세)_탄생 80주년 축하회가 열리다.

1909년(81세)_탄생 80주년 기념 톨스토이 박람회가 페테르스부르크에서 열리다. 《세상에 죄인은 없다》, 《꿈》, 《마을의 노래》 등 다수의 작품 발행.

1910년(82세)_〈무도회가 끝난 후〉, 〈하지 무라트〉, 〈왜?〉, 〈신성과 인성〉, 〈세상에 죄인은 없다〉 발표. 10월 28일 새벽, 아내에게 마지막 글을 써놓고 집을 나가다. 10월 31일 여행중 병의 악화로 랴잔 우랄선 중간의 시골 조그만 역 아스타포프에 내리다. 11월 3일 최후의 감상을 일기로 남기다. 11월 7일 오전 6시 5분, 철도 간이역 아스타포프 역장의 집에서 폐렴으로 사망. 11월 9일 야스나야 폴랴나에 묻히다.